T0346670

نبذة عن حياة المؤلفة:

أحلام بشارات كاتبة فلسطينيّة ولدت في قرية طمّون بجنين شمال فلسطين سنة 1975 وترعرعت فيها. حصلت على درجة الماجستير في الأدب العربي من جامعة النّجاح الوطنيّة بنابلس .عملت كمدرّسة لعدّة سنوات و حاليّا تنتقل بين طمّون ورام اللّه حيث تعمل في وزارة الثّقافة.

قدّمت بانوراما من الإصدارات الأدبيّة المبدعة بين قصائد، قصص قصيرة، رسائل مشتركة، روايات ومذكّرات. كما أنها كتبت أعمالا تلفزيونيّة وإذاعيّة.

نشطت في العديد من الملتقيات الثقافيّة وطارت بها أجنحة الإبداع إلى بلجيكا وفرنسا حيث حصلت على إقامة فنيّة. أيضا قادت العديد من ورشات العمل الموجّهة للأطفال و اليافعين في الكتابة الإبداعيّة .

تحتفي الكاتبة الحالمة أحلام بشارات بشخصيّات أعمالها التي تحذق نحت تفاصيلها بلغة نابضة، متدفّقة ومؤثّرة.

أحلام بشارات

أشجار للنّاس الغائبين

Neem Tree
PRESS

Published by Neem Tree Press Limited, 1st Floor, 2 Woodberry Grove, London, N12 0DR, UK

First published by Tamer Institute, Palestine 2013
Published by Neem Tree Press Limited 2020
info@neemtreepress.com

A catalogue record for this book is available from the British Library

ISBN 978-1-911107-21-7

"إنّهما العينان اللّتان، حين رأتا، جعلتاني عاشقة"
من شعر النّساء البشتونيات

المحتويات

أشـجار للنّاس الغائبين

(١)
الضّوء

" فلستيا! فلستيا!"

المـرأةُ الّتـي اعتـادتْ أن تـزورَ الحمّـام مـرّة كلَّ شـهر نادتنـي بصوتهـا المرتفـع وكأنها تُجرّبـه قبـلَ البـدءِ فـي وصلـةِ غنـاءٍ طويلـة. قالـت لـي هـذه المـرأة أكثرَ من مـرّة، دون أن تمـلّ أو تنتبـه إلى أنها تُكـرّرُ عبارتَهـا نفسَـها : "اسـمك غريـبٌ يـا فلسـتيا!"

اسـتمرّيتُ فـي دعك إبطهـا، محاولةً إهمـالَ ملاحظتهـا، فقرقرتْ بصـوت مرتفـع : "إنّـك تُضحكينني يا فلسـتيا!"

كنـتُ أسـمعُ قرقـرةَ المـرأة الخارجـة مـن وسـط المـاء. كانـت قرقـرةً غيـرَ مسـموعة رغـم أنّهـا مسـموعة. قرقـرة قادمـة مـن فضـاء واسـع مـن الضّحك. يُمكنني أن أسـمّي هذا الفضاء: سـوقَ الضّحكات، كلّمـا قرقـرتِ امـرأةٌ افتتـح محلاً جديـدا لعـرض ضحكاتـه بأنواعها، أو علّـق فـي أحد تلك المحـلاّت ضحكةً جديـدةً في (فترينتـه)، وطرحها للزّبائـن فـي عَـرض فخم، بحيـثُ تظهـرُ ضحكـةً (لنـج) كمـا تصـفُ

جدّتـي زهيّة كلّ شـيء جديد. ضحكـة (لنج)، وثـلاث وردات جوريّات بلـونٍ خمـريّ ملقـاةً بشـكل تلقائـيّ إلـى جانبهـا دونَ أن تبـدو أنهـا وُجـدتْ بفعـل فاعـل، يعنـي كأنّهـا نبتـت هنـاك، ضحكـة نابتـة وإلى جانبهـا نبتـت ورداتٌ لونها خمـريّ، أو أربع قرنفلات لـونُ واحدةٍ منها أبيـضُ والثّـلاثُ الأخريـات واحدةٌ منها صفـراءُ والأخريانِ بلـونِ البطّيخ البـارد. لا أعـرف كيـف استقرّيت علـى ذلـك الانتقـاء مـن حديقـة الـورود أو التّوزيـعِ اللّونـي مـن علبـة الألـوان! لكنّـي لم أتخيّـلْ وروداً بنفسـجيّة، حتّـى و لـو كانتْ وردةً بنفسـجيّةً واحدة. قالـت فتحيّةُ إنّ اللّـونَ البنفسـجيّ لـونُ الحـزن، وأنـا لا أريـدُ أن أحزن.

كانَ بإمـكان المـرأةِ التـي تـزورُ الحمّـامَ مـرةً كلَّ شـهر أن تقـفَ عنـد كلمـة: « تُضحكيننـي»؛ لكنّهـا أصرّت، كمـا كلّ مرّة، علـى تذييل جملتهـا بــ" فلسـتيا"؛ فتلـك عادتهـا: تُذيّل أو تبـدأ أيّ سـؤال أو جملة تقولها باسـمي.

كفّي تَدعكُ أعلى ذراعها، فيما الأخرى تسكبُ الماءَ فوقَه.

تَغنجُ بدلع: "لا لا، لم تنهي دعْكَ إبطي يا فلستيا!"

وتقرقرُ مُجدَّداً: "اسمكِ غريبٌ يا فلستيا!"

وتُتبعه: "ولكِ عينان تائهتان لا تستقرّان على مكان يا فلستيا!"

دعكتُ كوعَها، فبدت كأنّها مستلقيةٌ في عيادة طبيب لكن على سريرٍ ليس من الإسفنج. قالت: "فلستيا، أريدُ أن يذهبَ هذا الإسودادُ البغيض، استخدمتُ أكثرَ من وصفة طبيّة وغيرِها من خلطات الأعشاب، لكنّه لم يتغيّر."

سألتني عن لونِ أكواع النّساء اللّواتي أدعكُ أجسامَهنّ، وعن طبيعة الخلطاتِ الّتي يستخدمنها.

"ألا تسمعينَ ماذا يستعملنَ يا فلستيا؟ ألا ترينَ لونَ أكواعِهن يا فلستيا؟"

" أنا لا أسمع! لا أرى! لا أتكلّم!"

لم أبذلْ جهداً كي أعطّل حواسي. كنتُ مُعتادة على رؤية الأجسادِ عاريةً منذُ صغري. قالتْ جدّتي زهيّة: "الرّأسُ خزانةُ الأسرار، الحواسُّ مفاتيحها. ما تقعُ عليه عيناكِ من الآخرين فهو لهم. إنْ أخذْتِه خَبئيه. إنْ أعطوكِ إيّاه بإرادتهم افرديه أمامكِ ونقّيه كما تُنقّى حبّاتُ العدس من بذور الحشائش وكسراتِ الحجر. الجسدُ فيه الخبيثُ وفيه الطّيب، وكلُّ ما فيه له. أَمَّنَكِ صاحبُه إذْ فتحَ لكِ بابَ أسراره، فأغلقي عليها بابَ خزانتك."

هكذا تعلّمتُ أن أغلقَ أبوابَ خزانتي وجواريرَها. أفتحُ حواسّي

ولا أفتحُهـا. أرى أجسـادَ النّسـاء ولا أراهـا؛ فـكانَ يبـدو لـي مـا يحصلُ خلـفَ بـاب الحمّـام يُكـرّر بتلقائيـةٍ مـا يحصـلُ خارجَـه، ومـا يَلفـتُ الانتبـاهَ هنـاك يلفـتُ الانتباه هنا، لكـنْ بطريقة أقلَّ إثـارة، حتّى يكادَ يبـدو طبيعيّـا؛ فكلُّ شـيء قريبٌ ومتكـرّر، تتلاءمُ معه الحـواسُّ بحيثُ يصيـرُ عاديّـا داخـلَ الحمّـام، وإنْ بـدا غيـرَ ذلـك فـي الخـارج. المـرأة الّتـي تكشـفُ أعضاءهـا أمامي، هل سـتفعلُ ذلك لو التقينـا في مكان وزمـان آخرين، مـن العالـم الحقيقيّ؟!

هكـذا تَختلـطُ العوالـمُ فـي خزانتـي؛ فالحقيقـةُ خيـالٌ والخيـالُ حقيقـة. تلـك المـرأةُ الّتـي التقـتْ عينـاي بعينيهـا فجـأة، بـدتْ كأنّها قادمـةٌ مـن عالـم آخـر. مـررتُ مـن جانـب «البنـك العربـي» وسـطَ (نابلـس). رأيتهـا وسـطَ الزّحـام، فبـدا وكأنّـي تعرّفتُ عليهـا في مكان وزمـان آخرين. كانت تُمسـكُ بيدهـا بطاقةَ الصّرّاف الآلـيّ وتحاولُ أن تُرجـعَ (جزدانهـا) إلـى حقيبتهـا. بـدتْ مُختلفة، فقط فيها شـبهٌ ما من امـرأة أخـرى تمـدّدتْ أمامـي على الحجـر، فوضعتُ في كفّـي الكيسَ الأسـودَ الخشـنَ القـادمَ مـن (حلب)، ودعكـتُ لها جسـمَها. قالت لي: "أريـدُ أن أضحـك؛ أفركـي لي باطنَ قدمـي." دَعكتُ لها باطـنَ قدميها فلـم تضحـك. وحيـنَ وصلتُ صدرَهـا ناولتني نَهديْها وهـي تقولُ كلاماً

لم أفهمْ سوى أنّه محاولةٌ لقولِ شيء لم أسمعْه. قالت كلامَها ولم أسمعْه. دقّقتْ عيناي النظرَ وقرأتُ جسدها، أخذتُ نهدَها الأوّلَ وَدعكتُه. أخذتُ نهدَها الثّاني ودَعكتُه، أغمضتْ عينيها وارتسمتْ على شفتيها ابتسامةٌ مكسورةٌ إلى نصفين. إنّها ليست المرأة ذاتها الّتي تبدو لي الآن بفمٍ مُكتملٍ ومغلقٍ على شجونه حينَ أفكّرُ فيها.

كيفَ شَدّت جدّتي زهيّةُ القادمَ من قدميْه؟ ثمّ كيفَ أخذتْ بيده وهو يقطعُ الطّريقَ من عالمه إلى عالمنا؟ ماذا سَيُسَمّي القادمُ جدتي زهيّةَ لاحقاً؛ عندما يكتشفُ، يوماً بعَد يوم، أنّه يسيرُ في عالمٍ مجهول، وأنّ انتقالَهُ من الظّلام إلى النّور كانَ خدعة؟! هل ستصيرُ جدّتي مُضلّلتَه أم مُنقذتَه؟ سألتُ جدّتي فصمتت. كنتُ ألعبُ الحجلة أمامَ البيت. يئستُ يومَها منْ تهيئة المكانِ الّذي ستستقرُّ فيه الشُحفة. قلت لجّدتي: "ساعديني!" بعد قليل، وحينَ كانت يدي تستقرُّ على رأسها - وهي تحفرُ بيدها التّراب، مُصرّةً على أن تُسوّيه بشكل لائق كأنّها هي مَنْ ستحجل - و بساقٍ واحدة خلفَ قطعةٍ من الحجَر المسطّح، قلت: "إنّك تُضلّلين أهلَ (ديرِ صبرة) يا جدّتي! وتملئين الدّنيا بأطفالٍ ضائعين." وأردفتُ

فيمـا واصلـتْ جدّتـي عملَهـا: "أنْ تُهيّئـي مكانا لهذا الحجـر ـ وهززتُ يـدي بالحجـر دونَ أن تُتعـبَ هي نَفسَـها بالنّظرِ إليه - شـيءٌ سـهل!؛ لكنّـك ربّمـا تفتحيـنَ الطّريـقَ أمامَ فُرصة سـقوطي وأنا أمشـي خلفَه! أنـا سـأنهض ؛ لأنّـك هنا لتأخـذي بيدي! أمّـا أولئك القادمـونَ بلحمهم الطـريّ، لـنْ تكونـي معهم!"

واصلـتْ جدَّتـي الحفـرَ حيـن كنـتُ أقـولُ لهـا بغضـب: "أنـتِ تَخدعينهـم يـا جدّتـي! وأنـا لـنْ أشـاركَكِ فـي هذا بعـدَ اليـوم! ها!!!!"

ورميـتُ الحجـر. ركضـت، وركضـت، وركضـت، وكانـت صـورةُ أبـي الّـذي لـمْ يسـمحوا لنـا بزيارتـه لأكثـر مـن عـام مفروشـةً فـي مخيّلتـي. ركضـتُ وركضـتُ حتّى وصلـتُ الظّليلـة، وصورةُ أبـي تزدادُ وضوحـاً وعينـاي تَغيمـانِ بالدّمع. أسـندتُ ظَهري إلـى جذعها الضّخم وأغمضـتُ عينـيّ، رأيـتُ : مواليـدَ طازجيـن، أصحّـاء، معقـودةٌ فـي ظهورهـم أجنحـةٌ مزخرفـةٌ فـي أطرافهـا. يُرفرفـون بهـا وهـم يهبطونَ مـن السّـماء. كانـوا مِثـلَ طيـورٍ كبيـرةٍ تفـردُ أجنحتهـا وتضحـك. كلُّ واحـدٍ منهـم يحمـلُ عصا فـي رأسـها شـعلة.

هَمسـتُ فـي أذن جدّتـي. كانـت تضمُّنـي فـي تلـك العتمـة

إلـى صدرهـا فأشعرُ بالكرتيـن المنفوختيـن تحـتَ ثيابهـا تنضغطـان، وليراتُهـا الذّهبيّـةُ تُخرخـشُ كلّمـا تحركـت. قالـت جدّتي وهي تُمسّـد بيدهـا علـى شـعري، ونَفَسُـها الهَـرِم يعبـقُ في وجهـي: "ما رأيـتِ كانَ الحقيقة؛ كلّنا زوّار على هذه الأرض. يأتي كلُّ واحد منّا ومعه شعلته. منّـا مـن يضـيء بهـا العتمـة، ومنّـا من يشـعلُ بهـا نـاراً تحرقُ الشّجرَ والبشـر. الخدعـةُ يـا «جدّتي» في اسـتخدام الشّعلة فـي الحياة لا في القـدوم إلـى الحيـاة. أنـا أفتـحُ الطّريـقَ أمـامَ الضّـوء. أمسـكُ بقدمـه، وأسـحبُه نحـوَ عتمـةِ الحيـاة كـي ينيرَهـا. وأنـتِ يـدٌ أخرى تسـندُ يدي فـي جـرّ هـذا الضّـوء. يومَهـا نمـتُ ورأيتني وجدّتـي زهيّة نجـرّ ضوءا ثقيـلا دونَ أن نرغـبَ فـي أخـذ قليـلٍ مـن الرّاحـة كـي لا نتركـه يُفلت منّـا. وبقينـا نسـيرُ ونسـير فـي ظـلّ ضـوء ضخـم يعـادلُ الظليلـة فـي ضخامتـه، وكانـت الدنيـا مـن حوالينـا كـرةً متوهّجـة ولامعة."

كتبـت لأبـي رسـالةً حدّثتـه فيها عن الأطفـال، الطّيور، عـن الضّوء الثّقيـلِ المجرور، عـن جدّتـي زهيـة الّتـي تسـحبُ الضّـوء. وعنّـي وأنـا أشـدُّه معهـا. عـن الأجسـادِ الّتـي أحـرّكُ يـدي فـي مجال ضوئها المغناطيسـيّ. بُحـتُ لـه بخوفـي من بقائـي ضوءاً وحيداً. وطمأنته؛ قلـتُ لـه إنّـه غائـبٌ إلّا أنّ ضوئـي معـي. أحيانـاً يخبـو. إلّا أنّـه لا

ينطفـيء. وسـألته عـن ضوئـه: "أيـن تُخبـيء ضـوءك يـا أبـي؟"

سـألتني أمُّ وليـد: "لمـاذا تُعلّقيـن يـدكِ فـوقَ جسـدِ المـرأة؟ هل هـي مربوطـةٌ فـي السّـقف؟" أجبتهـا: "إنّنـي أحـاولُ أن أفهـمَ سـرَّه؛ فيـدي مربوطـةٌ فـي ضوئهـا." قالت أمُّ وليـد: "أنا لا أفهمُـكِ في أحيانٍ كثيـرة يـا فلسـتيا! إلاّ أنّ مـا يشـفع لـك أنّ لا أحدَ يشـكو منـكِ!" قلت لهـا: "لا أحـدَ يشـكو مـن واحـدٍ يُسـاعده فـي حمـل ضوئه."

أتعـرفُ يـا أبـي؟ نظلُّ نبحثُ في هـذه الحياة عن واحـدٍ يسـاعدنا فـي حمـلِ قنديلنـا. أنـت عندمـا خطبـتَ أمّي قلـتَ لها: "هـل تقبلين يـا نجـوى أن أحمـلَ معـكِ قنديلـك؟" وأنـا متأكّـدة أنّهـا قالـت نعـم؛ وإلّا كيـفَ جئنـا أنـا، ونهيل، وسوسـن وسـعيد إلى هذه الدّنيـا؟ أربعة عفاريـت فـي يـد كلِّ واحـدٍ منها ضـوءٌ يحمله ويركـضُ به!

(٢)
لساني الّذي أكله القطّ

لـم أسـتطعْ أنْ أنـامَ تلـكَ الليلة. قلقتُ كثيـراً، وكلّما أوشـكَ النّهارُ علـى الطّلـوع قلقـتُ أكثـر. لـم أكـن خائفـةً فقـط، بـل متوتّـرةً أيضـاً. قمـتُ مـن تحـت الغطـاء، ومشـيتُ علـى رؤوس أصابعي فـي الغرفة. فكَّـرتُ فـي أن أفتـحَ النّافذة وأطلّ منهـا على السّـماء الخريفيّة، لكنّي لـم أفعـل. خشـيتُ أن تُطيـحَ الرّيـحُ غيـرُ الحنونـة بورقـة تسـقطُ عن جـذع أمّهـا وأتلقّاهـا بيـن يديّ، مـاذا أفعلُ بورقـة ميّتة بين يـديّ؟ لم تُعلّمنـي جدّتـي زهيّـة غسـلَ الأوراقِ الميّتة!

قالـتْ خالتي هُدى وهي تضغطُ شـرائطَ)البامبـرز (فوقَ بعضِها بعضـاً على فخذي طفلتها السّـمراء: "عادي، الشّـغل ليس عيباً!"

عمّتـي مريـم، الّتي يقـعُ بيتها بالقربِ من بيتنا سـجَّلتْ مُداخلتها: "عيـب! (المصـاري) الّتـي سـتحصلُ عليها من هـذا العمل، أنـا أتكفّلُ بهـا! المهـمّ أن لا تعمـلَ ابنـةُ أخـي فـي مـكانٍ كهذا؛ تنكشـفُ فيـه النّسـاء علـى بعضهن!"

ردَّتْ عليها أمّي لتقطعَ عليها الطّريق: "أخوك الّذي تتحدّثين عنه في السّجن منذُ خمسِ سنوات، ولم نرَ (مصاريكِ)!"

ضحكتْ عمّتي مريمُ بخبثٍ وهي تضعُ من يدها (كاسة الشّاي على (الطّربيزة) وتهمُّ بالمغادرة: "ما الّذي ينقصُها وينقصُك؟ إنّكِ تأخذين معاشَ أخي من وزارة الأسرى، هذا غير المساعدات الّتي تُلقى في حجرك وأنت مُتربّعة في بيتك. أيدي الخير كثيرة؛ لكنّ الّذي فيه طبع لا يغيّره."

تدخّلتُ في الحديث: "أنا أريدُ ذلك يا عمّتي، لا أمّي!"

عمّتي، الّتي أصمّت أذنيها عن كلامي، فبدوتُ كأنّي أتحدّثُ بلغة الإشارة، وراء ظهرها مباشرة، في فيلم كرتونٍ صامت، أرادتِ الإساءةَ لجدّتي زهيّة حين تحدّثت عن الطّباع، ما أغضبَ أمّي؛ فطرقت البابَ خلفَ عمّتي بعصبيّة.

كان أخوتي الصّغارُ يلعبون غيرَ مُكترثين بكلِّ تلكَ الحواراتِ الّتي لا تهمُّهم: سعيد يُحرّكُ قطارَه على الأرض، ويُريحه من وظيفته أحيانا فيخرجُ من فمه صوت (تك..تك.. تك) بدلا عن القطار، الاختلافُ فقط هو أنّ فمَ سعيدٍ لا يخرجُ منه دخانٌ أسود، وهو في هذا يشبه قطارَه الأبله؛ لكنّه لا يُشبه القطارَ الحقيقيّ الّذي لم يرَهُ ولم أرَهُ سوى مرّةٍ أو اثنتين في التّلفاز. سوسن تُمشّطُ شعرَ

لعبتها وتهزّ رأسها، لا أعرفُ لماذا، كأنّها تُرقّصه على موسيقى طبلٍ داخليّ يقرعُ فيه. نهيل تقفُ بباب الحمّام وتلفّ شعرها بالمنشفة وهي تغنّي: «بتفكر في إيه حبيبي وساكت بس ليه»، لمغنيتها المفضّلة (نانسي).

في الصّباح كنّا أنا وأمّي نقطعُ الشّارعَ جهةَ موقفِ (السّرفيس). كانت المدينةُ تزدحمُ بالنّاس. ازدادَ توتّري. بدا النّاسُ جموعاً من الغرباء يعرفون إلى أين يمضون. حتى أمّي بدتْ لي امرأةً غريبة وتعرفُ وُجهتها. حدثَ معي ما قد يحدثُ مع أكثر النّاس قرباً وهم يلتقونَ في مكان لا يألفونه. حين يختلفُ المكانُ يحدث تغييرٌ طارئ على العلاقة!

"صدقاً يحدثُ ذلك" ، قلتُ لفتحيّة، وأردفت: "أبي حين أراه وراء القضبانِ يظهرُ في صورة رجلٍ سجينٍ تجمعنا به علاقةٌ من نوع ما تتّخذُ من الزّيارة الشّهرية رابطاً، فنصيرُ بالنّسبة إليه مجرّدَ أشخاصٍ يزورونه، يختلفونَ في العمر والجنس، يسمّون أبناء وزوجة. ولو بقي أبي حين يخرجُ يلعبُ معنا ونلعبُ معه هذا الدّورَ المبنيَّ على الفعل «زار»، فسيصير بيتنا سجناً أيضاً."

قالت أمّي: "لم يخرجْ أبو منصور من بيته بعد أن خرجَ من

السّـجن؛ فصـار بيتهَ سـجنه."

أمّـي وأنـا الآن يجمعنـا رابـطٌ مبنيّ علـى الفعل «مشـى». بدا لي أنّنـا اثنتـان تسـيران جنبـاً إلى جنب لسـبب مـا. صحيـحٌ أنّ أمّي كانت تحافـظُ علـى مسـافة مُحـدّدة بيننـا، وكلّمـا قطعنـا مسـافةً قصيـرة نظـرتْ إلـى جانبهـا أو خلفهـا لتطمئـنَّ إلـى أنّـي لـم أضِـع، إلاّ أنّـي أحسسـتُ أنّهـا مجـرّد امـرأة تحـاولُ أن توصلنـي إلى مكانٍ ما بسـلام، وكلّ مـا يـدورُ فـي خاطرهـا هـو(متـى أتخلّـصُ مـن هذا العـبء؟).

«امـرأة تلعـبُ دورَ الدّليـل فـي الصّحـراء». هـذه وظيفـةُ أمّـي وهكـذا كانـت المدينـةُ «صحـراء».

وأنـا؟ ألـم أكن الجملَ الّـذي اختارَ طريقه؛ لأنّه غـاص في داخله، ويبـدو فـي تلـك اللّحظـة أنّه غـاص أكثرَ مـن اللازم! قلـت بغضب: "لا أعـرفُ لِمَ سـمحتم لجدّتي زهيّـة أن تصطحبني معها؟"

صاحـت أمّـي: "ومـا دَخْـلُ جدّتـك زهيّـة بالموضـوع؟ كلّما اشـتدّ عليـك أمـرٌ حشـرتِ جدّتـك زهيّة؟"

"لهـا دَخـلٌ يـا أمـي! تعرفيـن لمـاذا؟ لأنّ فلسـتيا أتـى عليهـا يـومٌ كـي لا تظـلّ عميـاء."

خالطَ الخوفُ صوتَها: "من جاء على ذكر العمى لا سمحَ الله؟"

قلتُ بتودّد: "أمّي، أريدُ أن أعمل. سأجدُ عملا ليومين أو ثلاثة في الأسبوع. الدّراسة في جامعة القدس المفتوحة ستعطيني مساحةً من حريّة الحضورِ والغياب."

ولم تفرحْ أمّي؛ لأنّي اخترتُ أن أدرسَ في جامعة القدس المفتوحة، مثلما لم تفرحْ بفكرة العمل. أرادت أن ألتحقَ بجامعة النّجاح مثل ابنة عمّتي مريم، وأن أعودَ إلى البيت في الوقت الّذي تعودُ فيه ابنةُ عمّتي مريم، وحبذا لو أحملُ حقيبةً من نوع الحقيبة الّتي تحملها ابنة عمّتي مريم! فقط مع تغييرٍ في اللّون وحذاء ذي كعب أطول! وكلُّ ذلك يعني أن يكون لي أبٌ ينفق عليّ مثل ابنة عمّتي مريم! فكّرتُ يومَها بأنّ الأمهاتِ أيضاً لديهنّ أسبابُهنَّ كي يكنَّ مجردَ مراهقات، ومثل هذا وغيره ظلّ يُشعرني بأنّي تربّيتُ على يدِ أمٍّ تصيرُ ابنتي أحياناً، وأبٍ أكتبُ له رسائلي كأنّه صديقٌ بعيدٌ لا أستطيع أن أحصلَ عليه في بيئة لا توفّر شروطَ الصّداقة بين الأولاد والبنات.

ها هي ذي أمّي ! أمّي وأنا ابنتها، نلعبُ دورينا بطريقة ما وبإتقان، وها هو ذا توتّر اللّيل الّذي ظهر على شكل تقلّبات على

الوسـادة، وخالطتـه بعـضُ فسحات الأمـل يأخـذُ شـكلَ خـوفٍ يقطع الأنفـاس وانهيـار حقيقـيّ لا يوشّـحه نور.

حاولتُ أن أصرخ: "أريدُ أن أرجع! غيّرتُ رأيي!!!"

بـدا لـي فـي تلـك اللّحظـة أنّ كلّ مـا قالتـه عمّتـي كان محاولـةً حقيقيّـة مـن عمّـةٍ محبّـة لحمايـة ابنـة أخيهـا القاصـرِ مـن اختيارهـا الّـذي ينـمّ عـن قلّـة خبـرة. أمّـا أمّـي الّتـي اضطـرتْ أن تدعـمَ قـراري مُرغمـة، حتّـى تقطـعَ الطّريـقَ علـى تدخّـل عمّتـي فـي حياتهـا، خصوصـاً بعـد سـجن أبـي، هـا هـي ذي تتخلّـى عنّـي فجأة، وتسـتعدّ لرميـي إلـى مصيـرٍ مجهـول، بيـن أنـاسٍ لا أعرفهـم، في مدينة واسـعةٍ وغريبـة. كـدت أفقـدُ ثقتي بخيـاري، ففـي كلّ الأحوال، ومهمـا بذلتُ مـن محـاولات، مـا أنـا إلاّ فتـاةٌ تمتلـكُ قليـلا من خبـرة الحيـاة صَحتْ ذاتَ يـوم وقالـت: "سـأحملُ ضوئـي!" والآن لا بـدَّ مـن أنّي سـأتوه في هـذه المدينـة الكبيـرة القاسـية حتّـى لـو أمسـكتُ بطـرف ثـوبِ أمّي أو تعلّقـتُ برقبتهـا! والمؤكّـدُ أنّـي فـي طريـق عودتـي إلـى البيت لن أجـدَ ثوبهـا لأمسـكَ بـه، ولا رقبتهـا لأتعلّقَ بها؛ فهي سـتتركني وتمضي!

اسـتمرَّتْ أمـي فـي سـيرها. تقطـعُ بـي من شـارع إلى آخرَ وسـطَ

غربـاء يسـيرون علـى عجـل، بعضُهـم يضحـك وبعضهـم الآخر سـاهمٌ وحزيـن. هـلْ أولئـك السّـاهمون الحزينـون ذاهبـون مثلي إلـى مكان غريـب، وسـيغدون لقمـةً سـهلة فـي فـم مصيـرٍ يجهلونه؟ هيّـأتْ لي بنـاتُ أفـكاري أنّهـم ذاهبـون مثلـي إلـى الحمّـام، ولـن أسـتغربَ لـو وجـدتُ بعضَهـم وصـلَ قبلـي، وبـدأ عملَـه فـي حـكّ أجسـادٍ عاريـة ومستسـلمة.

فكّـرت: (نابلـس، يـا لـكِ مـن مدينـة بـلا قلـب!). هكذا، مـكانٌ لا تعرفـه لا يختلـفُ عـن كائـن ميّت، بشـع وتفـوحُ منه رائحـةٌ لهـا ذاكرةُ خوفـك القديـم كلّه.

شـدّتني أمّـي مـن يدي. وضعـتْ رجلها على درجة بـابِ (الباص)؛ فتبعـتْ رجلـي رجلَهـا. سـألتِ الفتـاةَ ذاتَ الشّـعر المرخـيّ علـى ظهرهـا عـن الأجـرة. مـدّتْ يدَهـا إلـى (جزدانهـا) الّـذي أخرجتـه مـن الحقيبـة الّتـي تتدلّـى عن كتفي. نقـرتْ كتفَ السّـائق وألقتْ في يده الشّـواقل. وبيـن الفينـة والأخـرى أكّـدتْ لـه وجهتنا: "أقـرب مكان من السّـوق العَتِم."

كانـت الأفكارُ السّـوداء تتعارَكُ في رأسـي، وكانـت الحافلة تتحرّكُ فتسـقطُ المناظـرُ مـن حوالينـا عـن اليميـن وعـن الشّـمال فـي طريق

طويـل، تمنيـتُ لـو أنّـه لا ينتهـي. وعندمـا كانـت أمّـي تضغـطُ علـى يـدي، كنـتُ أحـسُّ بهـا تتهشّـم. يـد مـن زجـاج تجسّـها يـدٌ مـن لحـم فتنغـرزُ الأولـى فـي الثّانية.

هـل أقـول؟ : "ليتـكِ يـا فتحيّـة لـم تقرئـي ذلـك الإعـلان ولـم تُخبرينـي بـه!" لكـن، ألسـتُ أنـا مـن طلبـتْ منهـا أن تبحـثَ لـي عن عمـل ؟ فطرقـتِ البـابَ ذاتَ مسـاء، وسـحبتني من يدي إلـى المطبخ هامسـة: "وجـدتُ لـك عملا فصّلوه لـك تفصيلا!" وأردفـت: "وأظنّ أنّ جدّتـك زهيّـة هي من أرسـلته لـكِ من هنـاك." وحرّكت فتحيّة رأسـها إلـى الأعلـى ودارتْ بـه فـي المطبـخ كمن تبحـثُ عن أحد. ابتسـمتْ قائلـة بصـوت مرتفـع فوضعـتُ كفـي علـى فمها: (شـلاه يا أسـيادنا!)

قالـت أمّـي بحـزم: "الآن، (فرجينـي) شـطارتك!" وأكملـت: "مـن يسـأل لا يتـوه!"

قالـت ذلـك حيـنَ سـألتُها كيـفَ سـأعود. وكنّـا نضـعُ رجلينـا على بـاب الحمّـام فنصعـدُ ثـلاثَ درجـات. شـددتها مـن كتفهـا، فلـم تـدرْ وجههـا، لكنّهـا توقّفـتْ وحسـب. الشّـابُّ الّـذي يجلـسُ خلـفَ ألـواح الخشـب حـدّقَ بـي. راقـبَ صمْـتَ أمّـي، وراقـبَ يدي علـى كتفها وأنا

أسـحبها برفـق وأرخيهـا إلـى جانبـي. لقد بـدا ضياعي حتميّا في ذلك الصّبـاح الخريفـيّ. لكـنْ أليـسَ هـذا مـا أردتُه!

"اطمئنّي من هذه النّاحية؛ بنتي لا تفتحُ فمها."

قالـت أمّـي لأمّ وليـد وهـي تُربِّتُ علـى كتفها في خاتمـةِ حديثٍ طويل.

"هل أكلَ القطُّ لسانها؟" تساءلت أمّ وليد.

بـدا أنّ أمَّ وليـد تبحـثُ عـن تعليقٍ أخيـر تختـمُ بـه حوارَهـا مـع أمّـي لتتسـنّى لهـا العـودة إلى عملهـا. ضحكتْ أمّـي، أمّا أنـا فتواريتُ فـي ظهرهـا، ولا أعـرفُ كيـف عرفـتْ أمُّ وليـد مـا يَصفنـي بـه الجميعُ منـذُ طفولتـي! كنـتُ منـذُ صغري فـي البيت، وأمـامَ المعلّمـات، ومعَ الصّديقـات، الفتـاةَ الّتـي أكلَ القـطُّ لسـانَها. وعندمـا أخذْنـا درسَ الكنايـة فـي الصّـفّ العاشـر، عرفـتُ أنّ ذلـك الوصـفَ يصلـحُ كمثـال صحيـح علـى كنايـة الصّفـة؛ صفـةِ الشّـخص الصّامـت، قليـلِ الـكلام الّـذي لا تثيـره الرّغبـةُ فـي الـرّدّ علـى كلّ مـا يـدورُ أمامَـه، أو حولَه أو حتّـى يوجّـه إليه.

"اعتبريـه كذلـك، وأضيفـي إلـى معلوماتـك أنّها ورثـت العمى أمّا عن جـدّة." عقّبـت أمّي.

كانت أمّي لا تقلُّ عن صديقتي فتحيّة مهارةً في انتقاء مُفرداتها. راحت تُحدّث أمّ وليد عن الدّور التّاريخي الّذي قامتْ به جدّتي زهيّة في تاريخ قريتنا، حين تكفّلت بغسلِ كلِّ أموات القرية وأحيائها من النّساء والأطفال لسنواتٍ طويلة، قبلَ أن تنتقلَ إلى رحمة الله عن عمرِ السّابعة والثّمانين، فلا تجدُ مَن يغسّلها غيرَ حفيدتها ابنة الرّابعة عشرة، تحتَ سيلٍ من دَعوات القريباتِ والعجائز وابتهالاتهنّ بالسّتر في الآخرة، مثلما سترتْ على حبيباتهن في الدّنيا. مازلت أذكر كيف نظرتِ النّسوةُ إليّ حينها و قلن: "ما شاءَ الله ما أقوى قلبَها! أقوى من أمّها؛ أنظرن إلى يدي أمّها كيف ترتجفان!"

ثمّ أضفن : "انظرنَ إلى خالتها! تبكي مثلَ طفلة وتحضنُ رأسَها بين ركبتيها."

نقلت أمّي كوزَ الماء بيدين مرتجفتين فوق يدي مباشرة لينداحَ الماءُ على جسد جدّتي. بدا جلدها رقيقاً، وعروقٌ خضراءُ تحاولُ أن تنبتَ من تحته. لم تختلفْ في هيئتها ميتةً عنها حيّة؛ بدتْ جدّةً نائمةً ينبغي على الأطفال المشاكسين أنْ يخفضوا أصواتهم كي لا يُقلقلوا نومها، حتّى ظننتُ أنّ كلَّ ما أقوم به دورٌ

أوكلَ إلـيّ فـي حلـم اعتـاد أن يتكـرَّر باسـتمرار فـي مناماتـي؛ فمنـذ أن صـارت جدّتـي زهيّـة تصطحبنـي معهـا إلـى البيـوت لغسـلِ امـرأةٍ ميتـة أو مولـودٍ خـارجٍ لتـوّه إلـى الحيـاة، صـرتُ أرى فـي منامـي كلَّ يـوم تقريبـاً لحمـاً عاريـاً ممـدّداً أرشـقُ فوقـه المـاء مـن فوّهـة الكوز المعدنـيّ. ومـعَ الأيّـام تحوّلـتْ فوّهـةُ الكـوز إلـى فوَّهة شـلالٍ يرمي عـن ظهـره المـاء، أو عيـن نبعـة يفـورُ الماء مـن بين رموشـها، وصرتُ أرى نسـاءً عجائـزَ يرقصـن مـع أطفـالٍ حديثـي الـولادة وسـطَ المـاء، وكلّهـم عـراة. وكان عملـي أن أشـرفَ مـع جدّتـي زهيّـة علـى مهرجان رقـصِ الأطفـالِ والعجائـز.

وكاعتـرافٍ لا يمكـنُ لأحـدٍ أن يُنكـره: "بيـن يـدي جدّتـي زهيّـة تقلّبـت مسـيرةُ الحيـاة والمـوت لمدة سـبعين عامـاً لأهل قريـة (دير صبـرة)، وذلـك مـا يشـهدُ لهـا بـه أهـلُ القريـة جميعُهـم. إلاّ أنّ مـا قـد ينسـاه أهـلُ (ديـر صبـرة) هـو أنّ حفيدتهـا الّتـي تُدعـى فلسـتيا سـاعدتها لفتـرة مـن الزّمـن فـي تقليـب مَسـيرة حياتهـم وموتهـم."

(٣)

عالم الحقيقة وعالم الخيال

مـعَ الأيّـام اكتشـفتُ أنّ مـا يحصـلُ في حمّـام الأحيـاء لا يختلفُ عمّـا كان يحصـلُ فـي غرفـة تغسـيل الأمـوات. إن كنتـم ترفضـون أن أجعـلَ مـن الأحيـاء أمواتـا، فمـن يمنعنـي مـن أن أجعلَ مـن الأموات أحيـاء؟ إنّهـم أحبّاؤنـا، كمـا كانت تقـولُ جدّتـي زهيّة، الّذيـن علينا أن لا نفقـدَ الأمـلَ فـي وجودهـم الدّائـم واسـتمرارهم الأبـديّ حتّى وهم يُغادروننـا ويكفّـون عـن مُشـاركتنا الحياة.

ومـا دخـلُ هـذا بعملي فـي الحمّام مع نسـاء يأتين ليتحـرّرنَ من كآبتهـن، أو ليتجمّلـن لأزواجهنّ، أو يسـتعدّين لأعراسـهنّ، أو يتجاوزنَ أسـبابَ إخفاقهـنّ، أو يخلقـنَ أجـواء مرحهـنّ؟ إنّهنّ نسـاءٌ جئـنَ لفتح صفحـةٍ جديـدة فـي حياتهـنّ، وكلُّ واحـدة منهنّ تقول في سـرّها:

" بعـدَ الحمّـام لـن أعـود مـن جديـد تلـك المكتئبـة الّتـي كنتهـا قبله ! "

" بعدَ الحمّام سأصيرُ الجميلة الّتي لم أكنها قبله!"

" قبلَ الحمّام كنتُ عزباء وبعده سأصيرُ زوجة!"

" لأمرحْ قبلَ الحمّام وبعده، لكن بطعم آخر، وبطرق أخرى!"

قالت فاطمة، وهي تبتسم، ورغوةُ الصّابون (تقطّف) فوق يديها: "عليكِ أن تطالبي بزيادة في الرّاتب يا فلستيا؛ إنّكِ تقدّمين دعايةً رائعةً للحمّام!" وأردفتْ: "معَ الاحتفاظ بنسبةٍ من الأرباح لجدّتك زهيّة تفرّقينها عن روحها مادامتْ هي من وراء تلكَ الحكمة."

ابتسمت. علّقت صفاءُ وهي تقلّبُ صفحاتِ كتابٍ في يديها، وساقاها تتدلّيان عن كتفِ الكنب المغطّى بشرشفٍ مورّدٍ مشقوقٍ من طَرَفه: (ناس تأكل الجاج وناس تقع في السّياج)!

ردّت فتحيّةُ بقسوة وهي تضمُّ شعرَها بربطةٍ مطاطيّة وترفعه أقصى ما تستطيع: "أيّ (جاج) وأيّ سياج يا بنتي؟ إنّكِ لا تعرفين شيئاً عن فلستيا، بينما تجدين أنتِ من يصرفُ على دراستك يا أمَّ السّياج، تشتغلُ هي لتوفّرَ أقساطَ دراستها، وتساعدَ في تربية دجاجتين صغيرتين وواحدةٍ كبيرة وديكٍ صغير، وتواظبُ على زيارة ديكٍ مسجونٍ خلفَ قضبان خُمٍّ في (عسقلان)، هذا لو حالفها الحظُّ وحصلتْ على تصريحِ عبورٍ من الضّباع!"

ضحكنَ وضحكت.

"صرنا في حديقة حيوانات!" علّقتْ فاطمةُ ممازحة.

جاء صوتُ صفاءَ الضّاحك: "أردتُ أن أقول إنّ هناك ناساً في هذه البلد لا يهمُّها ما يحدث، وتنشغلُ في أمور تافهة."

قبضتْ فتحيّةُ على عنق صفاء: "أريدُ أن أخنقكِ يا (أمّ العُرّيف) أنتِ، فأنتِ الوحيدةُ المكشوفُ عليها الحجابُ من بينِ عباد الله."

قفزتْ صفاءُ من مكانها وراحتْ تُعاركُ فتحيّة: "أنا (أمّ العرّيف)، البلد كلّها تمشي من تحت يدي. أعرفُ كلّ صغيرة وكبيرة. هل تُنكرين ذلك؟"

دبَّتِ الحماسةُ في فاطمة، فتركتِ الصّحنَ الّذي كانتْ تَغسله من بين يديها، واقتربتْ ويداها مُمتلئتان بالصّابون وَنثرته على شعرِ صفاءَ وفتحيّة: "أنا (الهبلة) الّتي لا تَعرفُ شيئاً، وإذا عرفتنَ شيئاً من الأشياء الّتي لا أعرفُها فلا تقلنها لي! فأنا أريدُ أن يُلقّبوني (هَبلة) البلد."

صرنَ ثلاثتهنّ مثلَ دجاجاتٍ يتعاركنَ فوقَ التّراب، فيما السّماءُ تندفُ على ظهورهنَّ قطناً، فَيختلطُ اللّونانِ البنيُّ بالأبيض. شدَّتني فتحيّةُ منْ يدي وَحشرتني في المعركة. صاحت: "نحنُ في الحمّام،

وهـا هو الصّابونُ النّابلسـيّ!"

ومـدَّتْ يديهـا المملوءتيـن بالصّابون بعد أن دعكـتْ يديها بيديّ فاطمة: "انظرن!"

وأمرتني: "حمّمينا!"

وأمسكتْ بيدي.

قلـت، ويـداي تَتناوَبـان علـى ظهـور البنـات الثّلاثـة: "أنـا أدعـكُ ظهورَكـنّ، أعناقَكـنّ، شـعرَكنّ."

ومرَّرتُ يديّ على ظهورهنّ وأعناقهنّ وشعرهنّ.

ضحكنـا وقفزنـا وكلّ واحـدة منّـا أخـذتْ تشيرُ إلـى جُـزء مـن جَسـدها وَهـيَ تَقفـزُ فـي تَمريـنٍ رياضـيّ يُشـبه تَمريـنَ «استرحْ استعدْ»، أو حصّـةَ علـومٍ سـمَّينا فيهـا أجـزاءَ الجسـم: القـدم، الصّـدر، العيـن، الشّـعر، الأرداف، وواصلنـا، لا شـيء قـادرٌ على إغـلاق أفواهنا. إلـى المجـرّداتِ والكائنـاتِ الحيّة والشّـعارات: الدّموعِ الفـرحِ، العقلِ، القلـبِ، الحـبِّ الكـره. صبحـي حبيـب فاطمـة. أميـر ذي العيـون العسـليّة. الدّكتـور الجامعـي «أبو» النّظـارات الطبيّة. الشّـاعرِ المولّهةِ بـه قلوبُ العـذارى. كاتبِ فتحيّـةَ المفضّل، صاحبِ المقالِ الأسـبوعي فـي جريـدة الأيّـام. علـيٍّ ملهـمِ فتحيّـةَ فـي كتابـة القصائـد. حاملـي

شعار نحوَ انتخابـات مجلـسٍ وطنيّ جديـد. حاملـي شعار نعـم للوحدة لا للانقسـام. حاملـي يافطة نحن مـع الرّبيع العربـي. حاملـي يافطة (إحنا حنصيّف في شـرم الشّيخ). حاملـي شعار فلسطين عربيّة إسلاميّة عالميّة، الحمسـاوي، الفتحاوي، الجبهاوي، السّمـاوي، أبـي مُصعب الزّرقاوي، ابـن لادن، الأفخـاذ، مـا بيـن الأفخـاذ.

علّقت فاطمةُ وهي تلهث: (عند ما بين الأفخاذ وبس!!!)

قالت فتحيّةُ بصوتٍ مُختنـق وهـي تُحـرّكُ إصبعهـا فـي الهـواء: "هنـا علـى الدّعْـك أن يكـونَ رحيمـاً!"

وانكفأنـا علـى الأرض مثلَ صراصيـرَ رُشّ عليهـا (بـف بـاف)، نتدحـدلُ وكلُّ واحدة تمسـكُ بطنهـا، ووجه صفاء الأشـقر يحتقن دما، ودمـوعٌ صغيـرة تتجمّـعُ فـي زوايـا عيـونِ فتحيّـة.

إنّـه ليـلُ نابلـس الّـذي لا يختلـفُ عـن ليـل (ديـر صبرة) كثيـراً. له وَحشـته وخوفُه وقلقـه. قلتُ لأمّي: "سـأنامُ عندَ فتحيّة في السّـكن."

قالـتْ فتحيّـةُ لأهلهـا: (كلّ البنـات بسـكنوا. ويـن المشـكلة؟) سـأقضي أربعَ سـنوات فـي الطّريـق بيـنَ (ديـر صبرة) و (نابلـس) ! المشـوار يأخـذ سـاعة؛ متـى سـأدرس؟ "

صاحـتْ، وغضبـتْ، وأضربـتْ عـن الطّعـام، ثم سـكنتْ فـي

المدينـة فـي شـقّـة فيهـا غُرفتـان، وحمّـام، ومطبـخ، وشـرفةٌ تُطـلّ مـن الطّابـق الرّابـع علـى «سـجن الجنيـد».

"انظري، ها هم السجناء (يكسدرون)!"

" تعرفيـن؟ أخبرنـي أبـي أنّـه كان مسجونـاً هنـا فـي الإنتفاضـة الأولـى. الآن هـو مسـجونٌ فـي سـجنٍ آخـرَ عنـدَ الإسـرائيليّيـن. هنـا سُـجناء آخـرون فلسـطينيّون عنـدَ الفلسـطينيّيـن. هنـاكَ سـجناء فلسـطينيّون عنـدَ الإسـرائيليّيـن."

عَلّقـتْ صفـاءُ مـن بعيـد: "بلـد مثـل حربـاء؛ لا نعـرف لهـا وجهـاً مـن قفا!"

ضَحكـتْ فاطمـة: "أنـتِ (موجّعة) رأسـك يـا صاحبتـي، خلّيـكِ مثلـي، (وكبّـي البلـد ورا ظهـرك)."

"وأبـي، أيـن يصيـرُ لو كببتُ أنا البلدَ خلفَ ظهري؟"

فكّـرتُ بصوتٍ مُرتفـع، وكانَ أحـدُ السّـجناء (يكسـدرُ) بالقرب من السّـياج وهـو يُظلّـلُ يديـه فوقَ عينيـه ويحـاولُ أن يـرى شـيئا بعيداً، وحيـنَ نظـرتُ مـن جانـبِ (البلكونـة) وجـدتُ أنّـه راعٍ يسـرحُ مـعَ أغنامـه فـي أعلـى الجبـل.

"جدّتي أيـن الضّوءُ في هذه العتمة؟" تسـاءلتُ في سـرّي.

تذمّرتْ أمّي، وأمّي في الغالب لا تستطيعُ ألّا تتذمّر: "لا أُؤَمّنُ عليكِ مع بناتِ (السكنات)!"

غَضبتُ وأظهرتُ غَضبي، وهذا ما يَحدثُ في المناسبات: "تُؤمّنين عليّ مع النساء العاريات، أما بناتُ (السّكنات) فلا! ثمّ ماذا تعرفينَ عن بنات (السّكنات)؟"

رَفعتُ من مستوى غَضَبي، فَسكتتْ. وهي إحدى عاداتِ أمّي. تُحبُّ أنْ تَرى غضبي لِتُرِيَني هُدوءها. الأمرُ الّذي لا أنجحُ فيه غالبا. ما يَجعلُني أخسرُ مُعظمَ مَعاركي معها.

علّلتُ قَراري، وهذا ما لا بدّ منه، تحدّثتُ بغضبٍ أقلّ عن ضغطِ الشّغلِ بمناسبةِ عيدِ الأمّ. تأتي كلُّ بنتٍ وَمَعها أمُّها أو حماتُها في هذه المناسبة، مُحاولاتٍ أنْ يبدأنَ صفحةً جديدة، وفي نيتهنَّ أنْ ينجحن. حاولتُ تلطيفَ الجوّ. عَرضتُ عليها: "ما رأيكِ أن نبدأ صفحةً جديدة؟"

ضحكتْ؛ فسمعتُ ضحكتها عبرَ الهاتف.

"سَأكيّسُكِ أنا بيدي، ليصيرَ جلدُكِ يلمع. ما أدراكِ؟ ربّما تَظهرُ

فجـأةً صفقـةٌ للأسـرى فيخـرجُ أبي! عليـكِ أنْ تكوني مُسـتعدَّة؛ جلدكِ يلمـعُ مثلَ طفـلٍ مولودٍ في سـاعته."

كانَ أملُنـا كلُّنـا قـد خـابَ باحتمالِ خـروج أبي في صفقـةِ التّبادلِ الأخيـرة. انتظرْنـا خُروجَـه في الدّفعـة الأولى، ولم نيـأسْ فانتظرناه في الدّفعـة الثّانيـة، فلـم يخـرج، والآن هأنـذا أسـخرُ مـن الموضـوعِ كلِّـه فأجعلُـه مرهونـاً بموافقـة أمّي على تلميـعِ جلدها!

" ما أدراكِ يا أمي؟"

قالت صفاء: "لا أحدَ يعرفُ كيفَ تُفكِّرُ إسرائيل!"

"ونحن؟" سألتُ صفاء.

"لا نفكر!" أجابت.

لـم تضحـكْ أمّـي هـذه المـرّة وصمتـتْ. أعرفُهـا عندمـا تَصمـت. تُفكّـر بأشـياءَ غيـر جميلـة. وأعـرفُ حينَهـا أنّهـا إنْ كانـتْ بصَـددِ الموافقـةِ علـى أمرٍ فإنّهـا سـترفض. وهـذا ما فعلتْـه بالضّبـط، رفضتْ أنْ تأتـي إلـى الحمّـام؛ لكنَّهـا اضطـرَّتْ أن توافـقَ علـى أن أبيـتَ عنـدَ فتحيّـة. كذبـتُ علـى أمّـي إذن. قالـتْ فتحيّـة: "كـذبٌ أبيـض يُحبُّـه الأهـلُ كثيـراً، ويعيشـونَ عليـه كلّمـا أكْثـرتِ منـه."

كانَ هنـاكَ ضغـطٌ علـى الحمّـام فعـلا، لكنّـه لـم يكنْ ليؤثِّـرَ على

مواعيدِ الـدّوام؛ إذْ نـداومُ يومين في الأسـبوع: الأحدَ والثّلاثـاء، والأيّامُ الباقيـةُ تُخصّـصُ للرّجـال. لـذا جعلـتُ مواعيـدَ دوامـي فـي الجامعـة سـبت، اثنيـن وأربعاء.

"والرّجال؟"

سألتْ أمّي محاولةً اكتشافَ ثغرةٍ في حديثي.

"أَفْرَغُـوا الحمّـام للنّسـاء هـذا الأسـبوع؛ سيسـتحمّ الرّجـال فـي طشـتِ الغسـيل."

قلـت، وحاولـتُ أن أجعـلَ الأمـرَ مُضحـكاً كـي أتغلّـبَ علـى إحساسـي بالخـداع. كنـتُ أريـدُ أنْ أبتعدَ قليلا. يومـاً أو يومين. عزفتْ فتحيّـةُ علـى وتري الحسّـاسِ فاهتـزّ: "تَحـرّري! افتحي أبـوابَ حياتك! إنّـكِ تَعيشـينَ في العتمة. شـوفي المدينـة في اللّيل. اللّيـلُ في العالم الحقيقـيّ أوضـحُ مـن النّهـار فـي العالـم الّذي في رأسـك."

أردتُ ذلـك. أنْ أرى المدينـةَ بعيـنِ اللّيـل لا بعينِ النّهـار. أعترفُ أنَّ (نابلـس) بعـدَ أشـهرٍ هي غيرُهـا قبلَها. حيـنَ أتيتُها مجـرورةً خلفَ أمّـي مثـلَ معـزاةٍ مربوطٌ فـي رقبتها حبل، وكنـتُ أقطـعُ خلفَها جبالا، وتـلالا، ووديانـاً، وأنهـاراً، مـا بيـنَ المستشـفى الوطني والـدّوّار؛ فتبدو النّخلاتُ الممتـدّاتُ وسـطَها واحـةً مـن النّخيـل! كأنّ المـكانَ الـذي

لا نعرفُه يبدو أكبر. وكلّما عرفناه صَغُرَ فصارَ بحجمِ الكفّ. لم تكنْ تلك زيارتي الأولى إلى (نابلس)؛ لكنّها لم تكنْ لتشبهَ زياراتٍ خاطفةً مرّةً أو مرّتين في العام، لشراء ملابسِ العيد، والنّاسُ يتدافعون في الأسواق، وعرقُ أمّي يتصبّبُ من جبينها ومن تحتِ إبطيها، والأكياسُ البلاستيكيّة السّوداء تتركُ عُقداً دائريّة حولَ أصابعي باللّونين الأصفرِ والأحمرِ المزرق. هاتانِ الصّورتانِ لم تكنْ إحداهما لتخفّفَ من بشاعة الأخرى أو تهيّئ لها.

إذنْ هو ليلُ (نابلس). أنكفىءُ على السّرير إلى جانبِ فتحيّة. هلْ أخبرُها؟ ستقولُ إنّي جُننت. وستجدُ أكثرَ من دليلٍ تؤكّدُ به صحّةَ نظريّتها؛ ستقولُ: "إنّكِ غريبةُ الأطوارِ يا فلستيا؛ تجمعين ما بينَ الجرأةِ العالية والضّعفِ المرضيّ. ما بينَ الوقاحةِ المفرطة والحياءِ المقدّس. تنكشفينَ على ما لا تستطيعُ مَنْ هنّ في مثل سنكِ ومن هنّ أكبرُ منكِ أن ينكشفنَ عليه من أسرارِ الجسد، وتنحجبينَ عن أبسط ما تنكشّفُ عليه الفتياتُ في مثل عمرك. تحمرّين وتخضرّين إذا خاطبكِ شابّ، لكنّ لديكِ مهارةً عاليةً في مقارنةِ جسدِ رجلٍ بجسدِ امرأة. تسيرينَ في الشّارع بطريقة مُواربة، كأنّك على استعدادٍ للالتواء مثلَ قضيبٍ من البلاستيك، حتّى لا تلامسي عابراً يمرُّ من جانبك."

"نعـم! نعـم! أبصـم بالعشـرة. لـم أغيّـر أقوالـي ولـن أغيِّرَهـا. وأضيـف علـى ذلـك."

"تفضلي!" قلت مذهولة.

"جدّتـك زهيّـة وتغسـيلُ الأجسـاد الميتـة الّتـي مـا زلـتِ مفتونةً بعالمهـا هـو الّـذي صنـعَ لـكِ هذه المشـاكل."

"أيّة مشاكل يا فتحيّة، وأنتِ لم تسمعي بعدُ ما أريدُ قوله؟ "

"أنـا أعرفـك جيّـداً. سـتبدئينَ حديثاً عـن العالم الآخر. عـن الضّوء الّـذي تحملُـه فراشـاتٌ علـى أعـوادٍ مفلطحـةِ الـرّؤوس. هاتـي، قولـي باللـه عليـك، أليـسَ هـذا هو مـا تريديـن قولَه؟"

تربّعتْ فتحيّةُ وسطَ السّرير على استعدادٍ للاستماع إليّ.

دفعـتُ الوسـادةَ بظهـري واسـتندتُ إلـى حافّـة السّـرير. وكان جسـمي قـد بـدأ يسـخنُ رغـمَ بـرودةِ الجـوّ. كيـفَ عرفـتْ فتحيّـة مـا أفكـرُ فيـه؟ متـى سـمحتُ لها بـأن تعـرفَ عالمـي إلـى هـذا الحـدّ؟ فتخترقَـهُ ثـمّ تهـزأَ بـه، إنّه عالمي الحقيقـيّ. لماذا يَحقُّ لهـا أن تَنفيه؟ إنّهـا لـم تلمسْـه! لـم تشـمَّه! لـم تتذوّقْه! لم تسـمعْه مثلمـا فعلتُ أنا ذلك!"

"فتحيّة! لا تهزئي بي!"

قلتُ بغضب.

ابتسمتْ فتحيّة بتودّد: هاتي. أريدُ أنْ أسمع.

وأكّدتْ حينَ لمستْ نظرةً ذابلةً في عينيّ: "حقّا أريدُ أن أسمعك!"

هل أخبرُها عن الولدِ الّذي صارَ يزورني في مناماتي منذُ بدأتُ أعملُ في الحمّام. هل أخبرُها أنّي لمحتُه في الخان أكثرَ من مرّة، وسرتُ خلفَه مُسرعةً دونَ انحناء أو انعطافة، بل مثلَ رصاصة، لكنّه اختفى منّي في أحدِ الأزقّة. ستعلّقُ هازئة. ستقول: "أنتِ صاحبةُ نظريّةِ أن لا تشابُهَ بينَ العوالم." سأجيبها بأنّي أيضاً لا أؤمنُ بسيادة عالمٍ على آخر. فمنْ هو الحقيقيّ؟ بيرقدار أم فتحيّة؟ ستجنّ فتحيّة. حتماً ستجنّ! لن أخبرَها! سأكتفي بما يحتملُه عقلها.

"إنّها المنامات."

"وما الجديدُ فيها؟" تساءلت فتحيّة.

أجبت :"حلبةُ الرّقصِ تتسعُ مع كلِّ حلم."

"وعددُ الراقصين؟" استوضحت فتحيّة.

"يزدادُ باستمرار." قلت.

"هل كنتُ هناك مرّة؟" تساءلت ثانية.

"لا، لـم تكونـي. إنّـكِ لـم تتعـريّ أمامـي مـرَّةً واحـدة. إنّـك لـم تموتـي أيضـاً، ولـم تولـدي أمامـي فأعقـم سـرّتك."

"أريدُ أن أدخلَ حلبة الرقصِ يا فلستيا."

"تعالـي إلـى الحمّـام فـي يـومِ عطلتـك، أنـتِ وفاطمـة وصفـاء. وسـأطلبُ مـن أمِّ وليـد أن تعمـلَ لكـنَّ خصمـاً."

"خصمٌ على ماذا بالتّحديد؟"

"على الحمّام يا فتحيّة."

"والرّقـصُ بيـن رمـوش النّبعـة، وتحـت وابلِ الشّـلال مـع الأطفال حديثـي الولادة والنّسـاء العاريـات، الميّتات، العزبـاوات، المتجمّلات، الكئيبـات، الفاشـلات، المرحـات وجدّتـك زهيّة تقـودُ الحفلة؟"

ضحكـتُ، وفتحيّـةُ تغمزنـي بطـرفِ عينهـا: "(ببـلاش) يـا فتحيّـة! أنـتِ تعالـي وسـترين!"

لا، لـنْ أخبـركِ يـا فتحيّـة. لـنْ تخترقـي عالمـي. مثلما لـنْ يخترقَه أحـد. إنّـه لـي. أنـا أعيشُ فيـه منـذُ أن اصطحبتنـي جدّتي زهيّـة معها وعلّمتنـي أوّلَ أسـرارِ الحياة وأوّلَ أسـرارِ الموت. مـدَّتْ يدَها وعصرتْ بطـنَ الميتـة. مسـحتْ بالفوطـة مـا خـرجَ مـن أنفهـا ومن فمهـا ومن بيـن فخذيهـا. مـلأتِ الكـوزَ بالماء الفاتر وسـكبته على الجسـدِ متنقِّلةً

مـن بقعـة إلـى أخرى. فعلتْ ذلـك وعيناها ترقبانِ عينـيّ. وبين الفينة والأخـرى تمسحُ علـى شـعري وتتمتـم. وبعـدَ أن انتهـت انتحـتْ في زاويـة الغرفـة وحضنتنـي فنمـتُ ورأيـتُ أوّلَ مناماتـي. رأيـتُ العجوزَ تنهـضُ مـن علـى المقعـد الخشـبي رويـداً رويـدا. تتحسّـسُ جسـدها وهـي تنظـرُ إلـى جدّتي. وعندمـا تأكدتْ مـن أن كلّ عضوٍ فـي مكانه ابتسـمتْ لجدّتـي فابتسـمتْ جدّتي لهـا. أنزلتِ العجـوزُ رجلها الأولى ثـمّ الثّانيـة عـن حافّـة المقعـد، ثمّ بـدأتْ تخطـو أولى خطواتهـا كأنّها مولـودةٌ للتـوّ، سـألتُ جدّتـي: "هـل هي امـرأةٌ طيّبةٌ يـا جدّتي؟"

أجابتنـي جدّتـي بصـوتٍ رحيـم لـم أسـمعه منهـا مـن قبـل: "من نحـنُ لنحكـمَ علـى النّـاس يـا «جدّتي»؟"

اقتربـت المـرأةُ مـن جدّتـي وأمسـكتْ بيدهـا. وقفـتْ جدّتـي لتمضـي معهـا. انفلتـتْ أصابعـي من بيـن أصابعها. صرخـتُ: "خذيني معك!"

ابتعـدتِ المـرأةُ العجـوز وكادت تختفـي. ابتعـدتْ جدّتـي معهـا وكادت تختفـي. صرخـتُ: "لا تتركينـي يـا جدّتـي!"

ضمّتنـي جدّتـي بقـوّة، فنمـتُ فـي حضنهـا وأنـا أشـمّ رائحتَهـا العبقة بالسّـعوط، وأسـمعُ صوتَها المخضّل وهي تبسـملُ فوق رأسـي

وتقـرأ المعـوّذات. غفـوتُ كمـا لن أغفوَ مـرّة أخرى فـي أيٍّ زمن قادم.

(٤)

بيرقدار

لـم يكـنْ هـذا هـو لقائـي الأوّلَ ببيرقـدار، ولـم يكـن الثّانـي أو الثّالـث. اعتدنـا أن نلتقـي منـذُ زمـنٍ بعيـد لا يقـاسُ باليـوم الفعلـيّ الّـذي رأيـتُ فيـه طيفه يرتسـمُ على حائـط الحمّام، تماماً مـن المكان الّـذي يطلـعُ منـه ويختفـي فيه طيفُ جدّتـي زهيّة. كيـفَ تعارفنا منذُ زمـن؟ أتكـونُ أرواحنـا هـي الّتـي التقـت؟ أيكـونُ السّـببُ أنّنـا عملنـا فـي المـكانِ ذاتـه، وإنْ فـي زمنيـن مُختلفيـن؟ أيكـونُ تشـابه حياتينا هـو الّـذي قادنـا إلـى هـذا اللّقـاء: أبـي الأسـيرُ فـي سـجون الاحتـلال الإسـرائيليّ، وأبـوه الّذي سُـجنَ في عهـد الانتداب الإنجليـزيّ؟ أنا الّتي انكشـفتْ علـيّ أجسـادُ النّسـاء منـذُ طفولتـي، وهـو الّـذي انكشـفتْ عليـه أجسـادُ الرّجـال منـذُ طفولته؟

وأسماؤنا؟

"مَن سمّاكَ بيرقدار؟"

" حاملُ الرّاية؛ اسمٌ اختير لجدّي."

"هل كانَ جدُّك تركيّا؟"

سألتُ بيرقدار، فأخذَ يحدّثني عن جدّه الفلسطينيّ، الّذي كان فتى قويّا وشجاعا، اضطرّ مثلَ كثيرين من الفتيانِ الّذين ألحقوا عنوةً بصفوفِ الجيش التّركي أن يهربَ لكثرة مظالمهم بعدَ أن ساقوهم مع قوّاتهم إلى ليبيا. قتله الجوعُ فهربَ قاطعا المسافة عبرَ مصرَ إلى فلسطين في ثلاثة أشهر. بعدَ يومين من وصوله كانوا يقتادونه مرَّةً أخرى. هربَ مُجدّدا. لحقوه. وكان حاله سيصيرُ مثلَ حالِ غيره ممّن يهرب: القتل؛ لكنّه قطعَ عليهم الطّريقَ فأطلقَ النّارَ من سلاحه على ساقه.

"كانوا لا يُلحِقون المصابينَ بصفوفهم." قال بيرقدار.

"هل مات؟"سألتُه.

- لم يكن يُخيفه الموت؛ فهو لم يردْ أن يظلَّ تابعاً جائعاً لحكمٍ يستقوي على أهله ويسلبهم خيرَ أرضهم. جدّي مثل غيره من الفلسطينيّين والعرب كانوا مجردَ تابعين، تُلقى عليهم الأوامرُ وتنفّذُ بحقّهم العقوبات، إلّا أنّ ذلك لم يمنعْ جدّي أخيراً من أنْ يَجمعَ من الرّجالِ مَنْ أصرّوا على جعله قائدَهم، فأطلقوا عليه أوّلَ الأمرِ مازحين ثمّ قاصدين لقبَ بيرقدار؛ فراح اللّقبُ يصيرُ مع

الوقت اسما، ليصيرَ جدّي ملاحَقاً من الأتراك الّذين تمرّدَ عليهم، ثمّ مقاتلا ضدّ الإنجليز الّذين احتلّوا بلدَه.

استشهدَ جدّي في نهاية الحربِ العالميّة الثّانية قبلَ أن يرى بلدَه فلسطين وهي تسقطُ مجدداً في يد احتلالٍ آخر. قيلَ إنّ الأتراكَ قتلوه. وقيلَ قتله الإنجليز. فيما قالَ فريقٌ ثالثٌ قتله احتلالٌ كان ينتشرُ على شكل سمّ رائحتُه تفوح ؛ تلك الرّائحة كانت كفيلة لوحدها بأن تخنق جدّي حتّى الموت. لكنّ جدّي أيّا كان قاتله، ظلّ حاملَ الرّاية، وسقطَ قبلَ أن تسقط. هي الرّايةُ الّتي حملها أبي فسجنَه الإنجليز، وحمّلني إيّاها فأخذتُها معي إلى الحمّام على شكل اسم، أحملُ الكوزَ وأسكبُ الماء على أكتافِ رجالٍ صاروا يخدمونَ في الجيش الإنجليزي!

- تمرّد يا بيرقدار.

- لقد مضى الزّمنُ يا فلستيا. أنا الآن من الماضي. أمّا أنتِ فمنَ الحاضر. قال بيرقدار ذلك بأسى خالطته ابتسامته، وسألني عن اسمي؟

- اختارَه لي والدي.

أجبته وأردفتُ مازحة محاولة مَحْوَ أساه:

- ليس على اسم جدّتي الّتي استشهدت، بل على اسم وطني.

أبـي الـّذي يحبّ فلسـطين سـمّاني باسـمها: فلسـتيا. اعتاد النّـاسُ هنا أن يسـموا بناتهـم: فلسـطين. ففـي حيـن أنّ اسـمَ فلسـطين متـداولٌ فـإنَّ اسـمَ فلسـتيا يَجهلُـه كثيـرون؛ لـذا يَصعبُ عليهـم التّعامـلُ معه. يلفظُـه بعضُهـم سـاخرين: فلـس. ويؤنّثـه بعضهـم فينادونني: فلسـة، فيمـا يخالـفُ آخـرون بيـن مواقـعِ حروفـه و قـد يحذفـون بعضهـا قائليـن: سـلتيا أو سـلفيا؛ ويحرّفونه إلى اسـمٍ يعتقدون أنّـه أجنبيّ، ما يُعجـبُ بعضَهـم. وقـدْ يجعلُـه بعضُهـم واحدا مـن أسـماء الخضروات مازحيـن فيقولـون: فاصوليـا، ويعتـذرون لـو غضبـتُ بأنّهـم يدلّلونني.

- إذن تُدلّلين فتصيرين: فاصوليا؟

- أو تصيرُ فلسطين فاصوليا.

- هل يَستردُّ الاسمُ بلداً مُحتلاّ؟

سألَ بيرقدار وعينه تحدّقُ بعيداً.

أجبته وأنا أديرُ وجهَه ناحيتي:

- الاسـمُ علامـةٌ علـى المسـمّى. يغيـبُ المسـمّى فيحضـرُ اسـمُه. يغيـبُ الاسـمُ فيحضرُ مُسـمّاه.

وسألته:

- إذا حملتُ معولا وحطَّمتُ المسمّى هل يتناثرُ الاسم؟

- لا.

- لكنّه يتوجعُ ويفقدُ سطوةَ حضوره. ينحلّ ويضعفُ ويذوب.

- ليبقَ لكِ اسمكِ.

قال بيرقدار بحنان.

- ليصرْ لكَ اسمك. أو ليصرْ لأحفادك يا بيرقدار.

دعوتُ له.

ومشـينا، بيرقـدار وأنـا. مـن حوالينـا بضـعُ شـجراتٍ فـي أوّلِ نموّهـا. و(تكسـيات) تزمّـر. ونـاسٌ يمشـون. واحـدٌ يبيـعُ الـذّرة علـى عربتـه الخشـبيّة، وآخـرُ يُراكم مجموعـةٌ من الكتب أمامَـه على الأرض ينشـغلُ فـي ترتيبهـا.

قال بيرقدار:

- الأجسـادُ العاريـةُ تتشـابه حيـن تُغمضيـنَ عينيـك. وتصمّيـنَ أذنيـك. وتفتحيـنَ أنفـك وجلـدك.

فكّـرت: بيرقـدار قـادمٌ من عالم جدّتـي زهيّة. إنّه رسـالةٌ أو ضوء. و سألته:

- من علّمك أسرارَ الأجساد؟

- جدّي لأمّي.

- هل كان يغسلُ الموتى؟

- كان يرحـلُ مـن قريـة إلـى قريـة. يقولـون فـلانٌ مـات فامضِ يا حـاج سـليمان؛ فيركـبُ دابّتـه ويمضي.

- علّمني من أسراره.

- علـى الحـواسّ أن تفتـحَ أذنيهـا لتتلقّـى رسـائلَ الأجسـاد. لـكلّ جسدٍ رسـالته. إنْ لـم تقـعْ فـي يـدِ حامـلِ كـوزِ المـاء حلّقـتْ فـي الفضـاء وبحثـتْ عـن منفـذٍ لهـا وهربـت، فينهـض المستسـلمُ تحـت اليديـن كحالـه لمّـا تمدّد. تُفهـمُ الأسـرارُ باليدين: اليـدانِ عينا الواقف والجسـدُ فـمُ النائم.

- ماذا تفعلُ العينان لفمٍ مغلق؟

- قال جدّي سليمان لكلّ فمٍ مفتاح.

- وإنْ لم تجدْه اليدان؟

- معنى ذلك أنّهما لم تفهما لغته.

- كيف تفهمُ اليدان؟

- قال جدّي سليمان بالدّربة تمتلكُ اليدانِ مفاتيحَ الجسد.

- هل تُورّثُ المفاتيح؟

- المفاتيـحُ لا تُهـدى ولا تُـورّث. لكنهـا تنتقـلُ مـن تلقـاء نفسـها ممـنْ تحـبّ إلـى مَـن تُحب.

- المفاتيحُ أسرارٌ تمضي إلى أصحابها.

- أو يمضونَ إليها.

- كيف مضيتَ إليّ؟

- في نومي.

- أينَ وجدتني؟

- في نومك.

- وهل التقينا في مكانٍ غيره!

- أحلامنا...

ومشينا، بيرقدار وأنا. قلتُ له سأراكَ في حلمي إن لم تظهرْ في الحقيقة. أخبرته أنّي صرتُ أنامُ لأراه. قال إنّه ينتظرُ أن أنامَ ليلتقي بي. ونمت. ومشينا، بيرقدار وأنا. أخبرتُه أني أخافُ المدينة فقال لي إنّه لا يعرفها، لكن عليّ أن لا أخافها. قلتُ له :

- لا أحدَ يعرفُ شيئاً في هذه البلد. النّاس، كلّ النّاسِ لا يعرفون. إنّهم ناسٌ يمشونَ في نومهم.

قلت له:

- جدّتي زهيّة كانت تعرفُ كلَّ شيء.

ثمّ سألته:

- هل كان النّاسُ على أيّامك يعرفون؟

- في زمنكِ وفي زمني لا أحـدَ يعرفُ يا فلستيا، وإلاّ لما ضاعتِ البلاد.

وأردف:

- ربّما جدّي بيرقدار ماتَ لأنّه حاولَ أن يعرف.

- الشّهداءُ والسّجناء يحاولون أنْ يعرفـوا - قلـت وأكملـت - أمّا أنـا فظننتُ أنّي خلفَ صمتي أقيـمُ مَعرفتـي التّامّة.

- الخروجُ من الحمّام ليس مثلَ دخوله، وأنتِ سيّدةُ العارفين.

(قالت فتحيّةُ ممازحة. كانت تقصدُ أنّي لن أعودَ مـن أيِّ مكانٍ أذهبُ إليـه مثلما كنتُ قبـل أنْ أذهبَ إليه.)

- إذن لا توجدُ معرفةٌ تامّـة يـا بيرقدار. صرتُ أدركُ هـذا. الجامعةُ أيضاً ليسـتْ مكاناً للمعرفة التّامّة. الجامعةُ طريقُ عبور. وصفاءُ الّتي تسـمّي نفسها (أمّ العرّيـف) لا تعرف. وأمّـي لا تعرف. عندمـا اعتـدتُ أن أسـألها عـن أبـي متـى يخرجُ مـن السّجن؟ متى يكفُّ الاحتلالُ عـن ملاحقتـه؟ ويسـألها أخي سـعيدٌ ببـراءة طفل: متـى تتحـرّرُ فلسطين؟ كانـت تجيب بأنّهـا لا تعرف وتضيـف (لا أحدَ يعرفُ الحقيقةَ يـا ابنتـي.)

- وما الحقيقةُ يا فلستيا؟

- شـيءٌ نصدّقـه في وقتـه ونحميه بأيدينـا مثلَ جسـدٍ يُعطينـا

46

كاملَ استسلامه.

- وإنْ لم يعطنا.

- أعطيناه يا بيرقدار.

وأردفتُ فأحسستُ أنّي أشبه المرأة الّتي تزورُ الحمّامَ كلّ شهر مرّة:

- اسمكَ غريبٌ يا بيرقدار! ما رأيكَ في أن أجعلَه: بيرق، برق؟ أو أبادلَ مواقعَ حروفه فأقول: قدبير، قدبار، رقاد، برق داب.

ضحكَ بيرقدار وسألني أيّها يصلحُ للدّلال.

أجبته بعد تفكير:

- باروق. أو برقوق.

ضحكَ بيرقدار فبانتْ أسنانه شديدةَ البياض، وقال:

- أنا وأنتِ من فصيلتينِ مختلفتين من النّباتات.

علّقتُ بسرعة وعيناي تحدّقّان في عينيه بلا خجلٍ كما لم أعتد:

- أنتَ فاكهةٌ وأنا خضار.

بدا وجه بيرقدار شديدَ اللّمعان. قلت ذاهلة:

- أنتَ برقوقة تخطفُ بصري.

سألني وهو يمدُّ كفّيه ويمسكُ بكفيّ:

- ويداي؟

- يداكَ عيناك، أرى فيهما وجهي.

قال بصوتٍ شفيف لم أسمعْ أرقّ منه، حتّى في صوت جدّتي زهيّة:

- مثل يديكِ المرآة.

نمتُ، فمشينا، بيرقدار وأنا. قلت له في حلمي: "أنا أعرفك جيّدا يا بيرقدار؛ فلا تتركْني وحدي. المعرفة حبّ."

ردّ بحزن: "أنا وأنتِ نعيشُ في زمنين مختلفين، بيتنا رأسانا."

قلت: "لنزرعْ في رأسينا حديقةً من الفواكه والخضروات، فيها شجرةُ برقوقٍ واحدة ونبتةُ فاصولياء واحدة؛ فتتسلّقُ النّبتةُ الشّجرة، وتتداخلُ الثّمارُ وهي تتدلّى منهما، فلا تفرّقُ يدٌ أو عينٌ بيني وبينك."

ضحكَ بيرقدار فنبتتْ شجرةُ برقوقٍ في قلبي، وتدلّتْ منها حبّاتٌ كثيرة من البرقوق النّاضج تعانقها قرونُ فاصولياء باللّونين الأخضر والأصفر.

(٥)

البرواز

أبي الغالي،

اشـتقتُ إليـكَ (قـدّ الدّنيـا). هـذا مـا أريـدُ أن تتأكّدَ منـه قبلَ كلّ شيء.

والآن سأحدّثكَ عن البرواز الّذي أرسلته لي.

هـل تذكـرُ تلـك الصّـورةَ التـي التقطهـا لنـا عمّي حسـنٌ فـي أحد الأعيـاد، أيّ عيـد؟ إنّـه عيـدُ الفطـر. لكنّي نسـيتُ أيَّ عام. فهـل تتذكرُ أيَّ عـام؟ أنـا أتذكّـرُ أنّه عيدُ الفطـر لأنّي انتظرته على أحـرّ من الجمر، كنـتُ قـد صمـتُ عشـرة أيّـام، ووعدتنـي أن تُعطيني خمسـةَ شـواقلَ عـن كلّ يـومٍ أصومـه، فكانـتِ الحصيلـةُ خمسـة ضـرب عشـرة. كانت الخمسـينُ شـيقلا أوّلَ أكبـرِ مبلـغٍ أقبضـه بيـدي فـي حياتـي كلّها. في الصّـورة كانـت جدّتـي زهيّةُ تجلسُ علـى عتبة الغرفة الشّـرقيّة، وكنتَ تقـفُ إلـى جانبـي وتحنـي ظهـرَك حتّـى تصيـرَ بطولـي، وأنـا أحمـلُ لعبتي الّتي أسـميتها فسـتقة! اشـتريتُ فسـتقة بعشـرين شـيقلا، وأمّا

بقيّةُ المبلغ فوزّعته على شراء أشياءَ أخرى منها علبةُ (مناكير) و(جرابات) لها أطرافٌ (مكشكشة).

عندما أنظرُ إلى تلك الصّورة الآن، وقد وضعتها قبلَ أن أبدأ بكتابة هذه الرّسالة في البرواز الّذي أرسلتَه لي مع أمّي قبلَ أسبوعين، أرى شابًا وسيما، وعجوزاً يشعّ في وجهها ضوء، وبينهما طفلةٌ صغيرةٌ هي أنا بشعرِ أشعة الشّمس. كان شعري عبارةًعن (كنّوش) كبير، رغمَ أنّ أمّي حمّمتني منذُ الصّباح الباكر ومسّدته بزيتِ الزّيتون وشدَّته في قرنين، واضعةً في أعلى كلِّ قرنٍ بُقلة فيها موزةٌ صغيرة، مازلتُ أذكرُ تلك الموزةَ لأنّ نهيلَ كانت تريدُ أن تأكلها دائما، لكنَّ شعريَ الخشنَ تمرّد على بُقَل أمّي ومارسَ حريّته فتناثرَ مثلَ أشعةِ الشّمس. في الصّورة تظهرُ أشعةُ الشّمسِ وأنتَ تضحكُ وشارباك ينفردان فوقَ ضحكتك. كنتَ تلبس (جاكيتك الجينز) الأزرقَ الكاحت، وبنطالَ (الجينزِ) الأزرق الفاتح. تفردُ جدّتي زهيّة ابتسامتها على وجهها، وأنت تضحكُ وأنا أضحك، وأخرجُ من فمي لساني، ويدي تمتدّ خارجَ الصّورة تدفعُ طرفَ شخصٍ آخرَ لم أعد أتذكّرُ منْ هو. أمّي أخبرتني أنّها خالتي هُدى، كانت تريدُ أن تدخلَ في صورتنا، لكنّي منعتها.

الصّـورةُ كانـت لجدّتـي زهيّـةَ وحدَهـا. قـال لهـا عمّـي حسـن: "سـأصوّركِ يـا حاجّـة، صـورةً للذّاكـرة". فركضـتُ معـك واندفعنـا إلـى جانبيهـا. الصّـورةُ الّتـي صـارت لنـا وحدنـا نحـنُ الثّلاثـة هـي الآنَ في البـرواز المزيَّـنِ بالخيوط الملوّنـة، أعرفُ أنّك اشـتغلتَه بالوقت. أتذكرُ عندمـا أجبتنـي علـى سـؤالي: "كيف تُمضي وقتـك الطّويلَ يـا أبي في السّجن؟"

قلت: "الوقتُ إبرتي."

لا أعـرفُ لمـاذا شـعرتُ أوّلَ مـا أعطتنـي أمّـي البروازَ وهـي توزّع بعـضَ الأغـراضِ علـى أخوتي بعـدَ عودتها مـن زيارتك أنّ هـذا البروازَ لهـذه الصّـورة. قالت: "وهذا لفلسـتيا!"

قفـزتِ الصّـورةُ فـي رأسـي، وقفـزتُ لأبحـثَ عنهـا فـي ألبـوم الصّـور. ستشـعرُ مثلـي عندمـا تـراه أنّهـا لـه. سـتقرأ وقـد كُتـبَ فـي أعـلاه: (الأمّـورة فلسـتيا!) وسـأتمنّى لو كتبـت: والجدّة زهيّة والشـابُّ ذو الشّـاربين.

(الأمّـورةُ) فلسـتيا كبرت، وشـعرها الّذي كانت جدّتـي زهيّة تغنّي لـه وهـي تنسمه بالزّيـت «قصاصيب الذّهـب» صـارَ أملس. ذهبت إلـى الصّالـون مـع فتحيّـة، وملّسـته. وضعتْ عليـه (الكوافيـرة) مادّةً

رائحتُها تشبه رائحةَ المجاري، هكذا قلنا أنا وفتحيّة (للكوافيرة) ونحن نسدُّ أنفينا، وسألناها: هلْ أخذوها من (جورة) دار «أبو» محمود؟

تذكرُ يا أبي (جورةَ) دارِ «أبو» محمود الّتي كانت تنزّ على الشّارع، وتنثرُ رائحتها في الحارة، وكان عمّي حسن يختبرُ ذكاءه أمامنا باستمرار حين يسألنا ماذا أكلَ دار «أبو» محمود اليوم؟ ويجيبُ هو: عدس، أو بطاطا مقليّة، أو مقلوبة بالزّهرة. وكان عمّي حسن على استعدادٍ لأنْ يقنعنا كيفَ عرفَ ذلك من الرّائحة، مع الوقت صرتُ أنافسه في تلك المسابقة، من جدّتي زهيّة تعلّمتُ سرّ الرّائحة أيضا، لكنَّ عمّي حسن ظلّ يجهلُ تلك الحقيقة، فيقول عكسَ ما أقول. جعلتْ مجاري دار «أبو» محمود من شعري حريرا يا أبي. وهل تعرف؟ حزنتُ بعد أن انتهت (الكوافيرةُ) من تمليسه، انتهى عهدُ قصاصيب الذّهب وأشعة الشّمس!

قالت أمّي إنّ عليّ أن آخذَ إذنك، لأنّك قد ترفضُ أن أذهبَ إلى الصّالون وأملّسَ شعري، وكأنّك يا أبي تريدُ أن يظلَّ شعري (كنّوش) يأخذ منّي ساعةً تمشيطه! قلتُ لها إنّك لن تعارض، لكنّها أصرّت. قلتُ لها إنّكَ وافقتَ من قبلُ أن أعملَ في الحمّام. أخبرتني أنّك

لـم توافـق بسـهولة، وأنّهـا طلبـتْ من جـارك فـي البرش أبي حـازم أن يقنعـك. قلـتُ لهـا لكنّك وافقـتَ في النّهايـة، ومعنى أنّـك وافقتَ في النّهايـة هـو أنّـك تثـقُ بـي، لا أنّك تثـقُ بأبي حـازم، فمنذُ متـى تعرفُ أبـا حـازم! عمّتـي مريـم أيضـاً علّقـتْ علـى تمليـس شـعري، رغـمَ أنّ بناتِهـا يذهبـنَ إلـى الصّالـون دائمـاً، قالت إنّي سـأذهبُ إلـى الصّالون وأبـي فـي السّـجن! وكانت من قبـلُ عارضـتْ عملي في الحمّـام لأنّكَ فـي السّـجن. لأنّكَ في السّـجن يصيرُ كلُّ أهلِ القريـة أصحابَ رأيٍ في شـؤوننا! هـل لأنّـك فـي السّـجن علينا أن نمـوتَ يا أبي؟ هـل علينا أن نتوقّـف عـن عملِ الأشـياء الّتي تجعلنا نبتسـمُ أحياناً؟ نحنُ لا ننسـاك أبـدا، نتذكّـركَ مـع كلِّ طبخة طيّبة، وابتسـامةٍ من القلب، وشـتاء بارد، وكلّمـا أردنـا تغييـرَ جـرّة الغـاز، أو إصلاحَ حنفيّـة الحمّـام، وكلّما مرضَ واحـدٌ منـا، وحزينـون أكثـرَ ممّـا يمكننـا أن نجـدَ أسـبابا للفـرح، لكنّنا نريـد أن نسـتمرَّ فـي الحياة حتّـى تعود.

قلـت لفتحيّةَ وأنا أمسِّـدُ شـعري أمامَ المرآة الكبيـرة في الصّالون: "الآن صار لـي شـعرٌ بـدلَ الشّـمس علـى رأسـي. لـن يسـتطيعَ أبي أن يشـدَّني من أشعّتها."

فهـل تذكـرُ يـا أبـي حيـنَ كنـتَ تشـدُّني فـي الشّـتاء منْ شَـعري مداعبـاً: "تعالـي أيّتهـا الشّـمسُ دفّئينـي؟"

فكّرت: "ما المخيفُ يا فلستيا، إنّهنّ لسنَ أكثرَ من نساء عاريات! هل لأنّهنّ على قيد الحياة؟ ماذا تختلفُ الحياةُ عن الموت بالنّسبة لامرأة عارية وممدّدة ومغمضةِ العينين؟ إنّهنَّ في كلتا الحالتين نساءٌ مستسلماتٌ ليديّ. في كلتا الحالتين على يديّ أن تكونا رحيمتين."

"اللّطف، الوداعة، الحشمة، العمى، الخرَس، و الصّمم" قالت جدّتي.

"وبعدُ يا جدّتي؟ قولي لي."

"هاتي يديكِ يا فلستيا، وردّدي من خلفي وأنتِ تنقلين يديكِ مع يديّ:

الشّعرُ أغصان الهوى. الرّأسُ هبة الله. العينان نافذتا الحياة. الأنفُ شرفة الهواء. الفمُ غرفة اللّؤلؤ. العنقُ ساق الرّوح. الكتفان سُدَّتا العرش. عظامُ الصّدر أغصان الرّوح. النّهدان وردتا الحليب. السرّة عينُ النّبعة. العانةُ حبّة الإجاص. الفخذان القارورتان. الظّهرُ مسطرة الخلق. القدمان جزمتا الحياة."

تنقّلتْ يدا جدّتي فتنقلتْ يداي على الجسد العاري.

همستُ لجدَّتي: "كيف أحفظُ كلَّ هذا يا جدّتي!؟"

همست: "لا تحفظيه يا فلستيا، بلْ غنّيه! أنتِ لستِ في

امتحان، أنسيتِ؟ نحن نرقص."

همستُ لجدّتي: "هل يرقصُ الموتى؟"

همسـتْ: "أرواحهـم ترقص، أمّا أجسـادهم فهي لنا نحنُ الأحياء،
وبعـدَ أن تُدفن، فهـي لعالمها العلوي."

" منْ يعتني بها هناك؟"

اقتربـتْ جدّتي وهمسـتْ فـي أذني فسـمعتُ ضحكتها الدّافئةَ
القادمـةَ مـن عالـم خفـي: "العلـم عنـد الله يـا «جدّتي»، فهـو الّذي
وهبهـا الحيـاة وكتـب عليهـا الممات"

أبي العزيز،

مساء الخير،

هـا أنا أجلـسُ فـوقَ السّـرير وأواصـلُ الكتابـة إليـك، لقـد عـدتُ
قبـل أربـعِ سـاعات مـن (نابلس). نمتُ سـاعةً ونصفَ السّـاعةِ تقريباً،
بعـدَ أن أكلـت. كانت طبخةُ هـذا اليوم فاصولياء بيضـاء. أنت تعرفُ
أنّـي لـم أكـن أحبُّ الفاصوليـاء البيضـاء ولا الخضراء ولا الصّفراء. لم
أعـدْ كذلـك، صـرتُ أضحـكُ قبـلَ سـعيدٍ وسوسـنَ ونهيـل، بل أسـبقهم
بالقـول: "إنّهـا طبختـي، هـذا جناحي وهذه فخذتـي وأنا أنقّي حبّاتِ
الفاصوليـاء مـن المـرَق!" كانـت أمّي تحاولُ حسـمَ الأمرِ حتّى تضمنَ

57

هدوءنـا، لكنّهـا لا تتخلّـى عـن عادتها فـي التّأنيب:

"لـو قـال لـك أحدهـم ذلـك لزعلـتِ، هـا أنـتِ تذكّرينهـم، ذنبـك علـى جنبك!"

"يا أمّي! هذا يعني أنّني كبرت."

نعـم يـا أبـي كبـرت، فلـم يعـدْ أحـدٌ قـادراً علـى إزعاجي، واسـمُ الدّلـع فاصوليا صرتُ أحبّه. وعـدتُ لأمارسَ عادتي القديمة، فاخترعتُ لصديقاتـي الجديداتِ أسـماءَ دلعهـنّ؛ ففاطمة فطبـول، صفاء صفاية، فتحيّـة مفتـاح. وسـمّيتهن: مجموعـة أدوات المطبـخ. كانـت جدّتـي زهيّـة تسـألني وهـي تلفّ المولود: "ماذا نسـمّيه يا فلسـتيا؟" فأخترعُ لـه اسـماً، بعـد أن أصرّ عينـيّ فتصغرا أكثـرَ ممّا همـا عليـه. وكثيراً ما كان الاسـمُ الّـذي أخترعـه يُوقـعُ أهـلَ البيـت فـي حَيْـصَ بَيْـص، فقـد كانـوا بيـن عـددٍ محدّدٍ من الخيـارات، والآن أضيفَ اسـمٌ جديد لمزيد مـن الحيـرة، وممّـن؟ من حفيـدة الحاجّـة زهيّـة الّتي قطعـتِ الحبل، وربطـتِ البطـن، وغسـلتِ الجلـد، ولفّـتِ البـدن. وممّن؟ مـن صاحبة الاسـمِ الّـذي يختلفـون فـي لفظه «فلسـتيا»، فمـاذا عسـاهم يقولون؟ يُغمغمـون ثم ّيسـألون:

"لماذا اخترتِ اسمَ رفيقة؟"

أجيب: " حتّى يصيرَ لها صاحبات."

يسألون: "لماذا اخترتِ اسمَ عالية؟"

أجيب: "لأنّ لا أحدَ يطولُ النّجمةَ العالية في السّماء."

يسألون: "لماذا اخترتِ اسم عطرة؟"

أجيب: "لأنّ أحلى ما في الوردة عطرُها."

سألتني أمي: "لماذا اخترتِ سوسن؟"

أجبت: "لا أدري؟"

تذكرُ يا أبي كان أول اسمٍ اخترته هو اسمُ سوسن، ولم أكنْ أدري حينها لماذا. لو كنتَ بلا اسم يا أبي لاخترتُ لكَ اسما. أتعرفُ ما هو؟ لا أظنُّ أنّك تعرف «بير قدار». أتعرفُ ما معناه! لا؟ أأخبركَ كيف تجدُه؟ فتّشْ عن أسير بينكم فرّ والدُه من الأتراك على الجبهة اللّيبيّة واسأله.

في الحمّام ربّتتْ أمُّ وليد على كتفي: "شاطرة يا فلستيا؛ كما قالت أمّكِ لم تُخيّبي ظنّي."

ومدَّتْ يدَها بمنشفة بيضاءَ رشقتها على كتفي، وصابونةٍ نابلسيّة، وقطعةٍ من نبتةِ اللّيف وهي تقول: "اعطي هذه للمرأة ودلّيها إلى تلك الغرفة كي تشطفَ جسمَها بالماء والصّابون."

وأشارت إلى واحدة من بين ثلاثِ غرفٍ صغيرة، اثنتينِ على

الزّاوية اليمين والثّالثةِ على الزّاوية اليسار.

كانـت جدّتـي زهيّـة تطـلّ مـن خلفِ المـرأة، صورةً لطيْفٍ أبيضَ يرتسمُ على الحائـط مـن فـوق بلاطةٍ عريضةٍ ينداح المـاءُ فوقها. كانـت يـداي تَقطران مـاء، وشبشبي البلاسـتيكيّ يُطقطق فوق الأرض كلّما انضغطَ المـاء فيه، فَيُصـدرُ صوتا يشبه صوتَ الضّفدع.

السّاعةُ الآنَ الثّانيـةَ عشـرةَ والرّبـع. كنـت أنتظـرُ أن تنـامَ نهيـلُ حتّـى أواصـلَ الكتابـة إليـك، فنهيل، رغـم أنّهـا لا تحشـرُ أنفها مثـلَ سوسـنَ فيمـا أفعلـه، إلّا أنّ شـعوري بأنّهـا مسـتيقظةٌ وأنا أكتـبُ إليك يُربكنـي. نامتِ الآن، وبما أنّ يـومَ غـدٍ هـو يـومُ عطلتي، أسـتطيعُ أن أتحـدّثَ إليكَ بحـريّة. حريّـةٍ أستشـعرها في اللّيـل وأفتقدهـا في النّهار. سـأخبرك أنّـي كلما دخلـتُ الحمّـامَ شعرتُ بـك، بالرّطوبة الّتي تأتيـكَ مـن البحـر، بالبحر الّذي تسـمعُ صوتـه وترى موجَـه ولا تلمسْ مـاءه، بالمـاء الّـذي تلمسُـه في أحلامـك ولا يفـارقُ يديّ.

لـم أختـرْ أن أكونَ هنـا كـي أقتـربَ منك، مـن عالمك، بـل لأكونَ
- كمـا قالـت فتحيّـة - أقربَ إلـى أحلامي، وطفولتي. هـل تعرفُ بماذا أشـعرُ في الحمّـام يا أبـي؟ أشـعرُ بـأنّ حواسّـي تتعطّـل، الأذنـان لا تعـودان الأذنيـن، ولا العينـان العينيـن، ولا اليـدان اليديـن، ولا الأنفُ

أنفا. قلت: "سأتخلّصُ من حواسّي ثانية، منّي ثانية، أرميها وأرميني خلفَ ظهري، فأسيرُ نائمة في حُلمي. وها هو حلمي، وها أنت فيه: الجدرانُ العالية. الرّطوبة الّتي تكتم النّفَس. الأوامرُ تأتي من بعيد، تسمعُها ولا تسمعها، وتنفِّذها وكأنّك لم تسمعْ سواها. الأجسادُ تمرّ من جانب بُرْشِك. من فوقِ البلاط الحارّ. من بينِ الأجساد. الكلامُ تسمعه مُجدّدا فتخفيه عنك وتتلاشى فيك. تختارُ وحدتك وتسير نائما. أنتَ في حلمك وتراني. فلستيا الدّبقة، بجسدها الحارّ، وجلدها الّذي تتساقطُ خلاياه الميتة وتتجدّدُ فيما تتجمّعُ خلاياك الميتة وتشيخ. شابٌّ وطفلةٌ يسيران في حلم واحد متعاكسين. في حلمينا أنا وأنت، قريبان من البحر ولا نلمسه. الماءُ رائحته في الحلق. السّقفُ تغزوه النّقَط. تتجمّعُ عليه وتظلّ تحلم بأن تسقطَ فلا تسقط. كم مرّةً هويتَ يا أبي في حلمك؟ كم مرّةً قمتَ مفزوعاً وصوتُ البحر في أذنيك؟ صحتَ فقيّدوك من يديك ومن رجليك: أريدُ أن أستحمّ في البحر. الماءُ يُغرقني فأغوص. كلّما امتدَّ اللّيل - والدّنيا ليلٌ طويل - سرتُ عميقا وسرتَ عميقا. أنت في عتمة حلمك وأنا في عتمة حلمي. من يُري الآخرَ طريقه؟ أنت وقد اخترتَه أم أنا وقد تبعتُك فتهتُ عنك؟ عتمتك أم عتمتي؟ قالت لي فتحيّة أنّ عملي فُصِّلَ على مقاسي. نعم إنّه على مقاسي.

لـو عملـتُ في محـلٍّ للملابس، مـن أين كانت سـتخرجُ جدّتـي زهيّة؟ ومـن أيـن كان سـيطلّ بيرقـدار؟ الحمّـام يطيـلُ فترة نومـي. هل كنتُ أريـد نومـي الطّويـلَ يـا أبـي؟ هـذه أنـا وأنـت. أبٌ وابنـة وحيـدان. فـي صـورةٍ فـي بـروازٍ مزيّـنٍ بألـوانٍ خيطـت بإبـرة الوقـت. لـولا ذلك الضّـوء الـّذي يشـعُّ مـن بيننـا لانطفأنـا. مـاذا فعلـتَ يـا أبـي ليُسـرقَ وقتُـك بعيـداً عنّـا؟ وهل ذهبتُ برجليّ لتسـرق الجـدرانُ الدّبقة وقتي منّي؟ لتسـرقها الأجسـادُ العاريـة. الذّاكرة المتوارثـة. ولتغيبَ الحواسّ. فأمشـي وأمشـي. كلَّ يـوم أمشـي فـي حلمـي. أمـدُّ يـدي. أرى الأيدي بعيـدة وتـذوب فـي حائـط الحمّـام: يديـك. يـدَي جدّتـي زهيّـة. يدَي بيرقـدار. لكنّـي لا أرى يـدي فتحيّة وصفـاء وفاطمة. كأنّني لسـتُ من أبنـاء جيلـي. أنتمـي إلى جيل سـابق، فأكمـلُ حياة واحـدة كانَتْنِي، ثمّ اختفـت لسـبب مـا، وتركـتْ فراغـاً فـي الزّمـن، وأنـا الآن فتـاةٌ خارجةٌ مـن الحائـط تمـدّ يدها في الحيـاة وتلعبُ فـي فراغها. أليسـت الدّنيا يـا أبـي فـي الخـارج حمّامـا أيضاً؟ هـذا ما كنـتُ أعتقـده. الدّنيـا كلها حمّـامٌ كبيـر. الحـواسُّ فيهـا معطّلـة. كلُّ النّـاسِ يـرون ولا يـرون. كلُّ واحـد يحمـل فـي يـده قنديلـه ويركـض، وبعضهـم لا يـرى أنّـه يركضُ وفـي يـده قنديـل أطفأتـه الرّيـح، أو بيد فارغـة إلّا مـن قبضته."

"أبي، لقد اشتقتُ لجدّتي زهيّة."

(٦)
هل من مكان آخر تنمو فيه الأشجار؟

باتتْ (دير صبرة) في تلك اللّيلةِ منكسرة، مثلَ غصنٍ مربوط بأمّه الشّجرة ببقايا اللّحاء الخارجي، وما تبقّى من ماء الحياة ينزّ على شكلِ دمعةٍ تحاولُ ألاّ تسقط. قطعَ الجنودُ المئاتِ من أشجار الزّيتون الّتي تترامى على أطراف الدّير، لم يستطع أيٌّ واحد أن يمنعهم رغم المحاولة، لا النّساءُ اللّواتي احتضنّ الأشجارَ ودافعن عنها بشراسة، ولا الأطفالُ الّذين ظنّوا أنّهم يلعبون أمامَ الجرّافات بالأعواد المكسورة في فيلم كرتون فواصلوا لعبهم وجرحوا، ولا الصّبايا والشّبابُ الّذين حملوا المعاولَ والعصيّ وتعاركوا مع الجنود، والّذين نزلت دموعهم بفعل المسيل واتّسخوا من الدّخان والتّراب اللّدن ودمهم. في مساء المعركة جلست أنا وفتحيّة تحتَ الظّليلة ونحن نطلّ على الخراب من بعيد، ونحاولُ أن نتجاهلَ حزننا دون جدوى. كانت فتحيّةُ بيدٍ ملفوفةٍ بخرقةٍ زرقاءَ على

جرحها؛ حين سقطت على الأرض، والدّخانُ يتصاعد فوق الرّؤوس، سقطَ جذعُ شجرةٍ مقطوعٌ على يدها.

قالت:

- تعرفين؟ كدتُ أمشي وأتركُ يدي خلفي تحت الجذع حين دوّى الرّصاص.

أخبرتها كأنّي حكيمة:

- إنّها الحياة تريدُ أن تكتبَ فصلا آخر، ربما تحت عنوان «فتحيّة بيد واحدة».

-أو«فتحيّة بنصف قلب»

قالت فتحيّة، ثمّ صمتت وهي ما زالت، مذْ وصلنا، تتكىء على جذع الظّليلة، تحدّقُ في الأرض وتلعب بالتّراب.

- ماذا لو قطعوا الظّليلة، أينَ ستسندين ظهرك؟

أجابت وقد أخذت تخربشُ بعودٍ جاف فوق التّراب وتكتبُ به كلمةَ «ظَهر»:

- ستكون مجردَ شجرة قطعوها فقُطعت، وحين تيبسُ أغصانها سيكون بالإمكان أن يتدفّأ بها أحدُهم دون أن يبحثَ عن ظهره، أي أنّنا سنقول إنّنا نجحنا في استثمار عمليّة القطع.

- كأنّك تتحدّثين عن الانتصار؟

- لا أبداً، كنت أتحدّثُ عن الهزيمة.

أخبرتها وكأني قصدتُ أن أستفزها:

- لا يبدو عليكِ أنكِ مكتئبة.

- هل عليّ أن أصعدَ فوق الشّجرة وألقي بنفسي من فوقها؟ لو حصلَ ذلك وانكسرتْ رجلي، فلن يتدفّأ عليها أحد!

- تحدَّثي يا فتحيّة. نحن تحتَ الظّليلة الآن، الطّفلتان الصّغيرتان اللّتان ركضتا مراراً، خاليتينِ من الهموم، نحو بيتيهما وهما تتصبّبان عرقاً أو ماء.

- لقد كبرنا كثيراً، ولو سألتكِ كم جرحاً فيكِ لما استطعتِ عدّ ها.

- بي جرحٌ واحد فقط، لكنّه بطولي. أمشي به، ولولاه لسقطت. إنّه عمودي الفقريّ.

- ومن به جروحٌ صغيرة متفرّقة، عليه أن يقتني خريطةً من العصيّ يحملها أخطبوطٌ من الأيدي.

- لماذا كبرنا هكذا فجأة يا فتحيّة!؟

- لأنّنا فهمنا الأمورَ باكرا. أقصد عرفنا كثيراً من الأمور غيرِ المفهومة.

- أظنّ كلّ هذا اليأسِ لأنّهم لم ينشروا قصيدتك في الجريدة.

- كنتُ سأيأسُ أكثرَ لو نشروها.

- من منّا صارتْ غيرَ المفهومة يا صديقتي؟

فجأةً بكت فتحيّة. ضمّتني وبكت، فلم أقلْ لها شيئاً، وربما قلتُ لها في سرّي: (ابكي يا فتحية. ابكي، فهذا ما أردناه منذُ البداية.)

كان منظرُ أشجار الزّيتون المقطوعةِ وهي تلوحُ من بعيد، والتّرابُ المكدّسُ على شكل تلالٍ صغيرة حمراء، والنّاسُ الّذين يتحرّكون فيبينون من بعيد ككائنات وهميّة تبحث في الخراب وتتفقّدُه، كان كلُّ ذلك وفتحيّةُ تضمّني وتبكي، ومنظرُ بطنِ المرأةِ المنتفخِ والمتشقّق، والّتي طالبتني بأن أدعكَه لها أكثرَ من مرّة حتّى تمّحي تلك الخطوطُ اللّحميّة عنه، يطلّ في رأسي مثلَ كرةٍ مطّاطيّة تكادُ تنفجر. لكنَّ كلّ ذلك لم يمنعْ وجهَ بيرقدار المشعّ من أن يبتسمَ فيبينَ مثلَ بقعةٍ متروكةٍ للفرح وسطَ كلّ ذلك اليباس. طفرَ في رأسي فاختفت الكرةُ المنفوخة بخطوطها البنيّة، وتذكّرتُ شجرةَ البرقوق الّتي تنمو في قلبي، واقترحتُ على فتحيّة، وأنا أمسحُ دموعي الّتي أخذت تسحُّ من أطراف عينيّ،

وصوتـي كان ينزلـقُ فـي جوفـي ليخـرجَ على شـكل كلمات: "مـا رأيكِ فـي أن نـأكلَ فاصوليـاء بيضـاء؟"

ضحكـت فتحيّـةُ وهزّت رأسـها مـراراً إشـارةً على الموافقـة. هزّته بعـدد حبّـاتِ الفاصوليـاء الّتـي انتشـلناها مـن وسـط المـرق، وكانـت بطعـم دسـمِ الدّجـاج والبنـدورة الّتـي عصرتْهـا أمّـي خصّيصـاً لأجـل عينـيّ فتحيّـة فقالـت وهـي تقدمُ لنـا الأكل: (بنـدورة طازة مشـانك.)

نمنـا فـي تلـك اللّيلـةِ جنبـاً إلـى جنـب، فتحيّـةُ إلـى اليميـن وأنا إلـى يسـارها مـكانَ نهيل، كنـا بحاجـة لـكلّ ذلكَ الحزنِ كـي نكون غيرَ وقورتيـن ونحـن نتبـادلُ أسـرارنا. مـرّ شـهران دون أن نجلـسَ مطـوّلا معـاً. تكـرّرت لقـاءاتٌ سـريعة، واتّصـالاتٌ متقطّعة، كنا نتبـادلُ خلالَها رؤوسَ أقـلامٍ عـن الامتحانـات، ونـوادرَ النّسـاء العاريـات، والطـلّابَ الوسـيمين، والمدرّسـينَ المملّيـن، والأهـل الّذين لا يكفّون عن إسـداء النّصائـح، لكـنّ شـيئاً كان ينمـو فـي قلبينـا، كلُّ واحدةٍ على حدة. سـرّ بـدأ علـى شـكل بـذرة ثـمّ نبتَ وهـا هـو، بالبعد، فـردَ عروقَـه وتدلّى.

قلت لفتحيّة: "حدّثيني عن الشّجرة الّتي نبتتْ في قلبك."

حدّثتنـي فتحيّـةٌ عـن الشّـجرة الّتـي ماتت قبـل أن تصيرَ غرسـة.

كنت أعـرفُ أنَّ اسـمَه علـيّ، لكنّـي لـم أعـرف أنّ كلَّ تلـك القصائـدِ كانـت مـن أجلـه؛ بـل فكـرة الكتابةِ مـن أساسـها كانت مـن أجل ذلك الـ «علـي». هـذا مـا يحصـل أحيانـاً إذ ننتبـه إلـى حقّنـا فـي امتلاك الأحـلامِ مـن أجـل الّذيـن نحبّهـم فقط.

- أنـتِ صرتِ تحلميـن مـن أجلـه وعليـكِ الآن أن تتعلّمـي أن تحلمـي مـن أجلـك، مـن أجـل فتحيّـة.

وأردفت:

- كـي يستمرَّ الحـبُّ ضعي حلمـاً مكانَ حلـمٍ مؤقّتاً. سـيأتي يومٌ يتحقّـقُ فيه الحلـمُ القديم.

- في الحبِّ لا تنفعُ النّصائحُ يا فلستيا.

- أعـرفُ أنّ رأسَـكِ يابـس، لكـن هـل سـتتخلّينَ عـن الكتابة وعن المشـاركة فـي نشـاطاتك لأجـل عليّ؟

- لقد سافر.

- الله معه. لكن المهمّ ماذا أخذَ معه؟

- تجربتي الأولى في الحبّ.

- حيـنَ تتحدثيـن عـن التّجربـة الأولـى، عـن مـاذا تتحدّثيـنَ بالضّبـط؟ اعترفـي.

قلتُ ممازحةً وأنا أشدّ قبّة كنزتها.

أغمضتْ فتحيةُ عينيها، فبدتْ كأنّها تتحدّثُ في نومها:

- عـن أوّلِ قلـبٍ ينبـضُ له قلبـك، وأوّلِ رائحةٍ يتعـرّفُ إليها أنفك، وأوّلِ ضحكـةٍ تُغـري عينيـك بالضّحـك، وأوّلِ يـدٍ تلمـسُ يـدَكِ، وأوّلِ كارثـةٍ تشـدّك مـن عنقـك وتجـرّك خلفهـا نحـوَ جذور الأشـجار.

ثـم نهضـتْ فجـأة، وأخرجـت كمبيوترهـا مـن حقيبتهـا وقالـت بفـرح حتّـى ظننـتُ أنهـا كانـت تتظاهـرُ فقـط بـكلِّ ذلـك اليـأس قبل لحظـات:

- سأريكِ صورته.

ورأينـا صورته. تفحّصناها. أحصينا كلَّ إشـارة في شـكله، وحسَـبنا عـددَ (اللاّيـكات) الّتـي حظيـت بهـا تلـك الصّـورةُ دون غيرهـا. كان يقـفُ وحيـدا وسـطَ «سـاحة الكتـكات» في المبنـى القديـم «لجامعة النّجـاح». يديـرُ ظهـره للمكتبـة الرّئيسـة. يضـع علـى عينيـه نظّـاراتٍ تـكادُ عينـان ذكيّتان مـن ورائهما تأسـرانِ من تقعان عليـه، وفوق هذا يبتسـم بـكلِّ تلـك الثّقة.

تلـك الوسـامةُ جعلـت مَهمّـتي فـي التّخفيـف عن فتحيّـة صعبة، وإذا مـا أضفـتُ إليهـا تلـك الثّقـةَ الّتـي تظهـر مـن طريقـة وقفتـه، ثـمّ تلـك الطّريقـةَ غيـرَ المبتذلـة فـي الـرّدود علـى سـيل المديـح من

الفتيـات الجميـلات علـى صورتـه، صـارت المهمّـةُ أصعـب.

قـرّرتُ أن أسـتخدمَ طريقـةً أخـرى ملتويـة وغيـرَ آمنـةٍ للتّخفيف مـن علامـات الرّضـوض الّتـي علـى روح صديقتـي فـي قصّـة الشـابِّ الوسـيم، الواثـقِ من نفسـه، الّذي لن يكـون من الصّعـب أن يجدَ فتاةً أخـرى فـي الوقـت الّـذي يكـونُ فيـه جاهـزاً للوقوع فـي الحبّ.

" أن يتـركَكِ لا يعنـي أنّـه لا يُحبـك، لكـنَّ تركَـه لـكِ سـببٌ غيـر كافٍ كـي لا تزرعيـه فـي قلبـك. لـن أطلبَ منـك أن تكرهيـه وتقتلعي شـجرته، بـل سـأقول لـكِ ازرعيهـا فـي الحديقـة الخلفيّة لروحـك، فهو هنـاك سيسـندُها بقيّةَ حياتك دون أن تشـعري بوجـوده، لن تحتاجي إلـى سـقايتها بـل ستسـقيكِ. كثيـرون ممّـن نحـبُّ مزروعـون هنـاك، ومنهـم موتانـا، هكـذا تقـولُ جدّتـي زهيّة.

وتعرفيـن؟ انظـري! - وأشـرتُ بحركـة دائريّة بإصبعي على شاشـة الحاسـوب - له جسـدٌ لا يشـبه جسـدَك. انظـري؛ أنتِ قصيـرةٌ ونحيلة، وهـو طويـلٌ وممتلـئ. الأجسـادُ تعشـق بعضهـا بعضـاً مثـلَ الأرواح، وقصّـةُ عشـقٍ بيـن جسـديكما أظنّها غيـرَ واردة."

ضحكـتْ فتحيّـة، ضحكـت وبكـت، فاختلطـت دموعُهـا بسـيل أنفهـا، وضحكتهـا بتقلّصـات شـفتيها، وأدركتُ أنّي أخفقـتُ تقريباً في

مهمّتـي. لكنّـي لـم أيـأس. أردتُ أن أقـول لهـا إن قصّتـي أكثـرُ إيلامـاً، لكـن لـن يفهمَهـا أحـد، ولا أنـتِ. و اندفعـت مـن فمـي جملـة تائهة:

"على الأقلّ أنتِ تمتلكين له صورة، أمّا أنا فلا!"

كفّـتْ فتحيّـة عـن البكاء، فكـدتُ أندم، وكان ما زال هناك متّسـعٌ للتّراجـع حين سـألتني: "عمّن تتحدثين؟"

ألقيتُ الاسم كمن يلقي جمرةً من يده: "بيرقدار."

وحدّثتُ فتحيّةَ عن الفتى الّذي يزورني في منامي باستمرار.

كنـتُ أنتظر مـن فتحيـةً أن تقـول ذلـك وبـكلٍّ وضـوح: "أنـت مجنونـة يـا فلسـتيا!" لكـنَّ فتحيّـة الّتـي بـدت ذاهلـة أخرجـتْ ورقـة وقلمـاً مـن حقيبتهـا، وقالت بصـوت خافت فيـه الكثيرُ من الخشـوع: "ارسـمي صورتـه."

وجدتُنـي أمسـكُ بقلـم مـن الحبـر الأزرق، أحـاولُ رسـمَ صـورة لبيرقـدار بيـدي وهـي ترتجـف. كانـت المـرّة الأولـى الّتـي أفكّـرُ فيها أنّ مـن حـقّ هـذا الفتـى الّذي يسـكن فـي أحلامي أن تكون لـه صورةٌ أحتفـظُ بهـا، وعندمـا أخفقـتُ فـي ذلـك، وقـد حاولـتُ مـراراً دون جـدوى، فكّـرتْ فتحيّـة الّتـي بـدت متحمّسـة جـدّاً كـي تتعـرّفَ إلـى بيرقـدار، بفكـرة غريبة، إذ اقترحتْ أن نسـتعين بالصّور المحمّلةِ على

الانترنـت، فسـهرنا تلـك اللّيلـةَ ونحـن نجمـع ملامـحَ بيرقـدار من بين ملامـحَ كثيـرةٍ لصـور فتيـان، وشـباب، وكهـول مـن النّيجـر، وإسـبانيا، وكوريـا الشّـماليّة، والمغـرب، والبرازيـل: ممثّليـن، ومغنّيـن، وشـعراء، وناسـا عاديّيـن، موتـى وأحياء.

كنـت أقفُ عنـد صورةٍ مـا فأقـول لفتحيّـة: "انظـري إنّ عينيـه تـكادان تشـبهان عينـي بيرقـدار. إنّ أنفـه يشـبه أنـفَ بيرقـدار. إنّ ابتسـامته، لـو كانـت أكثـرَ فتـورا لصـارت تشـبه ابتسـامة بيرقـدار. إنّ جسمه يشبه جسمَ بيرقدار مع قليلٍ من الاقتراحات.

" وفكّـرت: "لـو أنّـي أجـدُ مشـيته حين يمشـي أمامـي فـي الزّقاق في الإنترنـت. وفكّـرت أكثـر: "لو أنّ بيرقـدار كائنٌ حيّ مثل عليّ اكتشـفَ أنّـه غيـرُ واقـع فـي حبّـي، ثـمّ يقـرّرُ فجـأة أن يسـافر إلـى بـلاد أخرى مثـل ألمانيـا أو اليابـان، فأحـزنُ مثـلَ فتحيّـة كلّ هـذا الحـزن. وفجـأة وجدتُنـي أبكـي، وهنـا لا بـدّ مـن الاعتـراف بـأنّ مهمّـةَ فتحيـةَ كانـت أصعـبَ بكثيـر مـن مهمّتـي فـي التّخفيـف عنهـا. بكـت فتحيّـة معي، ثـم شـدّتني أكثـرَ من مـرّةٍ وهي تضحـك. صفعتني على وجهـي مرّاتٍ ومـرّاتٍ وهـي تقـول:

"يا هبلة! إنه مجرّدُ فتى في أحلامك!"

"يا هبلة! إنّه غيرُ حقيقي!"

سألتُ فتحيّة: " أين تُزرعُ أشجارُ النّاسِ الغائبين؟"

أجابتني فتحيّة بكلّ تلك الجدّية المجبولة بكلّ ذلك الخوفِ
على روحي المرضوضة: "كانت ستقول جدّتك زهيّة إلى جوار
النّاسِ الحاضرين."

وأردفت: "إنْ تركوكِ فمكانُهم الحديقةُ الخلفيّة، وإنْ لم يتركوكِ
فازرعي لهم شجرةً في حديقة قلبك."

أجبتُها بصوتٍ باكٍ، وسيلُ أنفي يختلطُ بدموعي: "لقد زرعتُ
له شجرةَ برقوقٍ في قلبي."

رَبّتت فتحيّة على كتفي ووعدتني: "وأنا سأهديكِ شجرةَ
برقوق تزرعينها في الحاكورة بجانب البيت."

تساءلتُ، ولم تكن لديّ رغبةٌ في التّأكد من شيء ما: "حقًّا؟"

أقسمت فتحيّة على ذلك. أقسمت أن تُحضر لي شجرة برقوق
أزرعها في الحاكورة.

سحبتُ الغطاء ولفّفته حولَ جسمي فتكوّمت. أحسستُ فجأة
بأنّي ضعيفة. قلت لفتحيّة: "أنا مريضة."

غطّتني فتحيّة بغطاء آخرَ بحركة مسرحيّة ظانّةً أنّي أمزح. ثم

جلستْ إلى جانبي ومدت يدها تتحسّسُ جبيني، ثمّ قالت: "أنت بخير، وما ينقصك قصيدةٌ لبيرقدار بقلم الشاّعرة العظيمة فتحيّة."

ثمّ أخذت تُملي قصيدتها على حاسوبها بصوت مرتفع:

وعدتكَ أن أزرعك في حديقة قلبي

يا فتى أحلامي النّائم

تمشي في الزّقاق فأمشي خلفَك

ظانّة أنّي سأصلُ إليكَ في يوم ما

ليت يدي تمسكُ بيدك مرَّةً واحدة

هكذا... يدٌ صغيرةٌ في يدٍ صغيرة

أين ابتسامتك؟

ليت لكَ ضحكةً مرئيّةً كي أسجِّلَها على جهاز التّسجيل

أغنّيها مراراً كلّما حزنت

يا فتى أحلامي النّائم! متى تُفيقُ لأفيق؟

قلْ لي مرَّةً واحدة إنّي حبيبتك

اعترفْ بهذا، لكنْ دون أن تتأخَّرَ في الاعتراف، مرَّةً بعدَ مرّة

بالحقيقة ذاتها، لكنْ بطريقةٍ أوضح

قل: لا أستطيعُ أن أحيا بدونك

في الأيّام التّالية لم تنسَ فتحيّة قصّةَ بيرقدار ولم تهزأ بها، بل تعاملت معها بكلِّ تلك الجديةِّ وذلك الخوفِ الّذي تعاملتُ به مع قصّتها مع عليّ، حتّى إنّها قالت لي ذات يوم: "إذا كان بيرقدار لا يقصدُ التّخلّي عنك مثلما تخلّى عنّي عليّ، فعليه أن يجد طريقةً ما كي يكونَ حقيقيّا، حقيقيّا أكثرَ من مجرّد فتى في الأحلام. وكدتُ أنقمُ على بيرقدار إثرَ ذلك التّصريح من فتحيّة، لولا أن بيرقدار زارني تلك اللّيلة وأخبرني، حين نقلتُ له كلامَ فتحيّةَ بالحرف الواحد، أنّ الكلام ذاته يمكن أن ينطبقَ عليّ. دعاني إن كنتُ لا أريدُ أن أتخلّى عنه للتّحوّل إلى فتاة في الأحلام، إلى فلستيا غير حقيقيّة. أجبته دونَ تفكير أنّي لا أستطيعُ أن أتخلّى عن نهيل وسعيد وسوسن وأمّي، والنّساء العاريات في الحمّام. سألته: "من سيغسلُ النّساء المسكيناتِ الميّتات في (دير صبرة) ؟ من سيقطعُ الحبل السرّي للمواليد الجدد الّذين سيتوافدون يوماً بعد يوم على الحياة؟ قلت له إنّي وريثةُ جدّتي زهيّةَ إلى أن أموت. لم يحزنْ بيرقدار بقدر أكبر، لكنّه أكدَ لي من جديد أن

لا أحدَ باستطاعته، حتّى الاحتلال الإسرائيليّ، أن يهدم بيتنا مادام مبنيا في الخيال.

(٧)

حلم طويل

أذكرُ جيّدا اليومَ الأوّلَ الّذي اضطرّت فيه جدّتي زهيّة إلى اصطحابي معها. كان التّاريخ 2000/12/25 . إنّه تاريخُ ميلادِ أختي سوسن المكتوبُ في شهادة ميلادها. انتابت أمّي أوجاعٌ هائلة قبل ولادتها بعدّة أيّام، وكانت قد تخطّت الموعدَ المحدّدَ للولادة. قال لهم ممرّضُ القرية إنّ ولادة أمّي في البيت خطرٌ على حياتها، حتّى هو لا يستطيع أن يتحمّلَ مسؤوليّة تلك الولادة. قال كمن يُلقي أمراً: "خذوها إلى «مستشفى رفيدة الحكومي»."

سأله أبي إن كان يستطيعُ أن يساعدهم في استدعاء سيّارة إسعاف، إلاّ أنّ الرّجلَ أبدى أسفه، وأنّبَ أبي: "ألا تسمعُ بما يحدث في الدّنيا؟"

هل ستموتُ أمّي لأنّ أبّي لا يعرفُ ماذا يحدث في الدّنيا؟ الدّنيا صغيرة، الدّنيا هي أمّي! وإن كبرتْ قليلا فهي قريتنا! ماذا يقصدُ ذلك الممرّض؟ لقد كرهتُه وأردتُ أن أقولَ له ذلك. لكنّ أبي

شدّني من يدي وصعدنا السّيارة. في الطّريق إلى البيت، سمعتهم يقولون إنّ الجنينَ في وضعيّة الجلوس في رحم أمّي. لكنّ جدّتي كما في أوقات كثيرة كانت هي مدبّرةَ شؤون الدّنيا. كانت جدّتي زهيّة تعرفُ كلّ شيء، لذلك تجدُ حلولاً لكلّ شيء. نصحتْ أمّي بالتّأنّي قليلا. قالت لها إنَّ عليها أن تمشي كثيراً. ولأنّ بيتنا كان عبارة عن غرفتين ليست لهما ساحةٌ كبيرة مظلّلة، كان على أمّي أن تختارَ طريقا جانبيّا في القرية لا تسلكه الأرجلُ كي تنفذ فيه مشروعَ المشي، منعا للقيل والقال، فلم يكن أسهل على أهل الدّير من إطلاق سخريّتهم:

"هل رأيتم مرت فاضل وهي (تكسدر) والدّنيا كبّ من الرّب!"

"عشنا وشفنا نسوان (بتكسدر) في الشتويّة وبطونها منفوخة."

لكنَّ شيئاً لم يكن ليقفَ في وجه أمّي، فلا أحدَ - كما قالت وهي تشدّ على ظهرها - يدري بوجع أحد. وكمحاولة للتّشجيع استعدّ أبي للمشاركة في (الكسدرة) محتملا ما يعنيه ذلك من اختراقٍ صريحٍ وواضح لعادات القرية في عدم خروج رجلٍ وزوجته في (كسدرة) علنية غرضُها المتعة، أو التّخفيفُ من آلام مرض عارض، أو كآبة مزمنة، أو تغيير جلسة طفل في رحم أمّه. كان إذا

خـرج رجـلٌ وزوجتـه فـي قريتنـا إلـى الحقـل سـارَ قبلها ببضعـة أمتار وشـدّت هـي مـن عزيمتها لتلحـقَ بـه دون أن تُحقّـق تلـك الأمنيـة طـوالَ حياتهـا. ذلـك اليـوم كان أبـي يبـدأ هو وأمّـي وأنا معهمـا عهداً جديـداً فـي تاريخ المشـي فـي قريتنـا، سـالكين طريقاً جانبيّـة بعيدة عـن أعيـن الرّائين.

كان الجـوّ بـاردا جـدّا. لفّـت أمّـي كتفيها بشـالٍ ملوّن مـن الغزل، وألبسـتني سـترتي الحمـراء. كانـت لسـترتي الحمـراءِ طاقيـةٌ أنتظرُ مجـيء الشّـتاء مـن عـام إلـى عـام كي يسـقطَ المطـرُ فأضـعَ الطّاقيةَ علـى شـعري. تغطـي السّـترة مـن الخـارج طبقة مـن البلاسـتيك الّذي يصـدر صوتـا كلّمـا سـقط المطـر فوقهـا يشـبه صـوتَ سـقوط المطـر فـوقَ سـطوح البيـوت المغطّـاة (بالزّينكـو). ومـن الدّاخـل كانـت السّـترةُ مغطـاةً بطبقـة مـن الفرو، ما جعلني أسـتفيدُ منها في الشّـتاء فأفرشـها تحتـي فـي أيّـام البـرد القارسـة، ليطقطـقَ البلاسـتيك كلّمـا تحرّكـتُ فوقهـا. تلك السّـترة السّـحرية كانـت الهديّةَ الأولـى والأخيرةَ الّتـي تلقّيتهـا مـن عمّـي حسـن. كان قـد أحضرهـا أثنـاء عملـه فـي إسـرائيل وسـمعتُ أمّـي تحـدّثُ خالتـي ذاتَ يـومٍ وتقـول إنّ عمّـي حسـن أحضرهـا مـن البالـه. فيمـا بعـد عرفـتُ مـا معنـى البالـه؛ لكنّ

ذلك لم يقلّلْ من محبّتي للسّترة حتّى وإنْ كان هذا الأمر قد يعني أنّ فتاةً إسرائيليّة ارتدت السّترة قبلي. لم تكن تلك السّترةُ السّحرية ولا أيُّ شيء آخرُ ليحمينا من زخّات المطر، حتّى الظّليلة رغم ضخامتها، وكثرة أغصانها المتراشقة في كلِّ الجهات أخفقتْ في ذلك، فمن بين أغصانها وعن سطوح أوراقها كان ينزلقُ المطرُ رشيقاً ليغسلنا.

لم تكن تلك (الكسدرة) لتجدي نفعا، ففي النّهاية اضطرَّ أبي وأمّي إلى ما كانا يحاولان الفرارَ منه منذ البداية، وهو اجتيازُ الحاجزِ المقامِ على مدخل القرية وصولا إلى (نابلس) الّتي كانت تأتي منها أنباءٌ غيرُ مطمئنة عن قتل واعتقالات ومداهمات ومنع تجوال. تحدّثَ أبي عمّا يحدث في (نابلس) وأماكن أخرى وكرّر بطريقة مختلفة ما قاله الممرّض، فعلّقت جدّتي: "الدّنيا آخر وقت."

بدتِ الدّنيا بحراً متلاطمَ الأمواج فيه سمكٌ ضخم، بين أنيابه الملوّنة بالدّم سيقانٌ ورؤوسٌ عالقة. رأيت ذلك المشهد في التّلفاز، فخبّأتُ عينيّ خلف كفيّ، ومن بين أصابعي رأيتُ البحرَ الّذي لم أعرفه على الحقيقة متلاطم الأمواج. إنّ الدّنيا الآن تشبهه، والآن سأخبّئ عينيّ.

إنّـه مساء يـومِ الأحـد، وهـا هـو أبـي يلـفّ ذراعَـه خلـفَ ظهـرِ أمّـي، وهـي تحـاولُ الاتّـكاء عليـه ويصعـدان (تكسـي) عبـد الإلـه، ويختفيـان خلـفَ الظّليلـة ومـا يليها من أشـجار وبيوت وجبـال. وآخرُ مـا رأيتـه مـن أمّـي شـالُها الملـوّنُ ودموعُها وهـي تنظر إلـيّ ، وعندما رأت دموعـي سـألتني عـن الاسـم الّـذي أريـدُه للبنت - ولم أعـرف لِمَ قـرّرت أمّـي أنَّ المولـودَ بنـت - فقلـت لهـا دون تفكيـر:

"سوسن."

لـم أكـن أعـرفُ أحـداً بذلـك الإسـم، ولا أذكـرُ أيـن سـمعته. كنت أفكـرُ بعينـي أمّـي الدّامعتيـن وعينـيّ وهمـا تغرقـان في عينيهـا حتّى فقـدتُ قدرتـي علـى الرّؤيـة. صـارت عينـاي مثلَ زجاجِ سيّارة سُـكبَ فوقـه سـطلُ مـاء. مـدّت أمّـي كفّيهـا ومسـحتْ عينـيّ ففتـح الزّجـاجُ عينيـه، وقلـت وأنـا أشـهق: "والولد سـمّوه سـعيد."

إنّـه هـو بيرقـدار، برائحتـه، وابتسـامته، وعينيـه، وأنفه، وجسـمه كامـلا مـن غيـر إجـراء تعديـلاتٍ كـي يشـبهه أحـدٌ أو يشـبهَ أحـداً. وجدتـه فـي انتظـاري في أوّل سـوقِ البصلِ، قـربَ المسـمكة. مدّ يدَه وشـبك كفّـه بكفـي وسـرنا معـاً. الآن صـارت يـدي الصغيـرةُ فـي يـده الصغيـرة. إنّهـا الحقيقـة، وإلّا لمـا أحسسـتُ بـكلِّ هذه السّـعادة الّتي

لم أشعرْ بها من قبل! كيفَ لأحدٍ أن يكون حقيقيا إلى هذا الحدّ ثمّ لا تصدقُ أنّه كلُّ سعادتك الّتي تريدها، رغمَ أنّك أنت وهو تعلمان كلَّ العلم أنّكما وهميّان. سادران في نومكما! إنها الحقيقةُ الّتي تكتبُ نفسَها بنفسها، فلا تملكُ إلّا أن تصدّقَها حتّى وهي تنافي معاييرَ الواقعِ بالمطلق. يا لهذه الروعة!

أنا وبيرقدار في حقيقةٍ لنا وحدَنا. عالمٍ لنا وحدنا. حياةٍ لنا وحدنا. كلُّ العابرين مشغولون بشؤونهم. إنّهم غارقون في عالمهم الآخر. يفاصلون الباعةَ على أثمان القرفة، والزّهرة البلديّة، والتّمباك العجمي، وورق العنب الخليلي، وصواني الشّاي الأنتيكة، وعجوة التّمر، وربّ الخرّوب، والحمّصِ المطحونِ بالطّريقة التّقليديّة، وملابسِ الأطفال الرّخيصة، وعصيّ العجائز الخشبيّة، والزّهرة البلديّة، ثمّ الزّهرة البلديّة، ثمّ الملفوف. ولا شيء. لا شيء أبداً يهمّنا، بيرقدار وأنا.

قلتُ لبيرقدار ونحن ننزلقُ عبرَ طريقٍ جانبيّ في الزّقاق الفرعيّ المؤدّي إلى الحمّام: "لنقفْ هنا، أريدُ أن آكلَ زلابيةَ القرع.

قلنا للشّاب: "نريدُ اثنتين."

قال لنا بابتسامة تغمرُ وجهه وهو يشيرُ نحوَ عينيه: "من عيني!"

رقّ قطعةَ عجينٍ غيرَ مخمّرةٍ على الصّينيّة. جعلها على شكل مثلّث. وقذفها بطريقة استعراضيّة في مقلاة الزّيت الكبيرة، وألحقَها بالثّانية بعدَ أن مرّرها هي الأخرى تحت يديه ضاغطاً إيّاها على شكل مثلّث.

فردَ الاثنتين، واحدةً واحدةً على صينيّة أخرى، وسكبَ في وسطهما القرعَ المقطّع على شكل شرائح. فَردها ثمّ لفّها بعد أن سكبَ عليها السّكرَ المذاب.

مشينا، بيرقدار وأنا.

يدي الصّغيرةُ في يده الصّغيرة.

لأوّلِ مرّةٍ تبدو للطّريق وسطَ البلدةِ القديمة رائحةُ الحياة. كنتُ كلّما سرتُ فيها وحدي شعرتُ بالرّهبة. شعرتُ بأنّي أمشي فوق جثثِ ناسٍ ميّتين ورائحتهم تعبرُ من أنفي. ومرّات يشدّونني من ملابسي. يريدون أن يستوقفوني لأمر ما. أطيافٌ وأطيافٌ غيرُ مرئيّة كانت تمرّ من حواليّ ومن فوقي ومن تحتي. أمّا اليوم، فهأنذا أسير داخلَ الرّائحة، مددتُ يدي من وسطها، تناولت خبزة الزّلابية من يد العامل. تُرى، كيف تظهرُ له يدي؟

أكلتُ الزّلابية أنا وبيرقدار. تُرى، هل يرانا؟

دخلتُ من باب الحمّام. رآني الشابُّ من خلف القاطع الخشبيّ ولم يرني. ابتسمَ لي وأنا أقضمُ آخرَ لقمةٍ في زلابيتي. بيرقدار إلى جانبي. ما زلتُ متأكّدة من هذا. يده الصّغيرة في يدي الصّغيرة. نظر الشّابُّ من خلف القاطع الخشبيّ إلى بيرقدار وابتسم. قضم بيرقدار آخرَ لقمة من زلابيته. أخبرتُ الشّابَّ بأنّي فلستيا جئتُ أنا وبيرقدار لنعدَّ القمريّات والشّمسيّات في الحمّام ونتأكّد من سلامتها. ابتسم الشّابّ. أخبرته بأنّ بيرقدار في العادة مجرّدُ طيف. وهذا بيته. إنّه يسكنُ هنا. وأنا في العادة بنتٌ حقيقيّة أعملُ في الحمّام. أدعكُ أجسادَ النّساء بكيسي الأسود الّذي يكبر كفّي بقليل، أغسلُها بالصّابون النّابلسي، وأشطفُها بالماء الفاتر. ابتسم الشّابّ. أخبره بيرقدار أن لا يقلقَ إذا لم نعدْ من الباب ذاته، لأنّا قد نقفزُ من فوق السّطح. قد نطير. وقد نعبر من الحائط مثلما يفعلُ عادة. ابتسم الشّابّ ومدّ يدَه ولمسَ يديْنا الصّغيرتين ليتأكّدَ من أمر ما. يداه حارّتان ويدانا حارّتان. عندما دخلتُ استقبلتني أمُّ وليد. سألتني: "لِمَ تأخّرت؟" أخبرتها أنّي كنت آكلُ الزّلابية في السّوق. ابتسمت أمُّ وليد وطلبت منّي أن أبدّلَ ملابسي بملابس الحمّام. أخبرتني أنّ لدينا ثلاثَ نساء طلبتْ منهنَّ أن يدخلنَ غرفة البخار ريثما أصل. قلت لأم وليد: سأعدّ القمريّات

فـي الأعلـى. إنّـي ذاهبـة إلـى أعلـى. قالـت أمّ وليـد: "لمّي المناشـفَ التّـي علـى الحبـال يا فلسـتيا!"

وهـززتُ رأسـي بالإيجـاب. ومـا زالـت يـدُ بيرقـدار فـي يـدي. سـحبني وتسـلّلنا عبـر الـدّرج الضّيـق هـو أمامـي وأنـا خلفـه.

قـال لـي بيرقـدار: "اجلسـي يـا حلوتـي! أنـا سـأعدّ القمريـات. وسـألمّ المناشـف. فقـط تفرّجـي كيـف يفعـلُ برقـوقٌ الأشـياء."

وجلسـتُ أراقـب برقوقـاً وهو يفعلُ الأشـياء. وكنت أسـمعُ صوت أمّ وليـد ينادينـي. مـراراً أمّ وليـد تناديـني كلّمـا جلسـتُ فـي الأعلـى أراقـبُ برقوقـاً يلمّ لي المناشـفَ ويعـدّ القمريّات المكسـورة. ويصلح بعضها .

ومـرارا أجبتهـا الجـوابَ ذاتَه: "حسـنا يـا أم وليد! أنـا قادمة، فقط لـديّ حلـمٌ طويلٌ أريـدُ أن أكملَه."